JN093839

ジョージ・メレディス

喜劇論

原公章 訳

音羽書房鶴見書店

目次

まえがき

ジョージ・メレディス（George Meredith, 1828–1909）は、その大仰な、あまりに難解な文体が災いし、さらにヴィクトリア朝という時代的な楽観思想の甘さも手伝ってか、同時代のハーディなどに比べるとわが国はもちろん本国でもいまではほとんど読まれなくなってしまったイギリスの小説家・詩人である。しかし、『エゴイスト』をはじめ、いくつかの小説は十分文学史に残るだろうし、読者がその文体に慣れれば慣れるほど読む喜びを教えてくれる作家である。また漱石が「予の愛読書」（明治三十九年）で語っているように、「メレディスはただ寝ころんで読むべきものではない。スタデーすべきものと思ふ」が、「人の性格をフィロソフィカリーにアナライズするところなど実にうまいし、それに、非常に詩的な所がある」。それがメレディスの「ユニックなところで、メレディスの前にメレディスなく、これから後も恐らくメレディスは出まい」というほどの作家である。

ジョージ・メレディス　喜劇論

　ここに思い立って、メレディスの基本的な思想の集成と言える『喜劇論』を訳出した。これはかつて、外山卯三郎（昭和三年）と相良徳三（昭和二八年）の二氏による翻訳があったが、現在はともに品切れ、しかも朱牟田夏雄先生の言葉によると、「ちゃんと全文の意とするところを理解しての訳であるかどうかに、残念ながら小首をかしげさせる式のもの」であった。今回の私の訳も、果たして全文の意味するところを理解しての訳であるかどうか、いささか心もとないが、とにかく全力を尽くして「そう簡単に読めるという代物」ではないこの『喜劇論』に取り組んだ。やはり、ところどころ、いや、至るところでメレディスの奇矯な文に弾き飛ばされてしまった感は否めない。せめて、分かりやすい表現をと心掛けたが、そのためにかえってメレディスらしいもって回った言い方が、訳文に現れない結果となってしまったのではと、恐れる。

　この訳出を思い立った理由は二つある。ひとつは、メレディスの全作品の中でも『喜劇論』は分量もほどほどで、かつメレディスの根本的な考えがここにうかがわれることである。彼の作品への手引きとしても有効だと考えた。いまひとつは、現在の日本の社会がメレディスのいう「センティメンタリズム」の霧の中に巻き込まれていると、私が感じるからである。センティメンタリズムは裕福な社会が生み出す文明病である。さらに「不合理とセンティメンタリズムの娘」である愚劣な行為がそこからまかりでる。これを退治するのは、メレディスが言うように健全な笑いであるはずだが、現在はどこを見ても空虚な笑いと人を傷つける笑いばかりである。さらに、このセンティメンタリズムの弊害は、私たちの読みの態度にまで現れている（巻末の私の解説はこの面からの『喜劇論』へのアプローチである）。なぜなら、自分一人高みに位置してその安全圏内から無責任な読みを続けるのが、センティメンタリストの読みであるからだ。彼は真に優れたものを、自分の外に認めようとしない。もちろん他者の苦しみにも喜びにも上辺の共感を示しこそすれ、実はその核心には無感覚である。彼の真の関心は自分のみである。こういう自分の姿に気づいて自ら矯正するにはやはり、メレディスの言うような意味での喜劇による認識と、そこに生じるはずの「知的笑い」が一番であろう。メレディスは、一国の文化の成熟度はその国に喜劇が発達しているかどうかで決まる、と述べている。喜劇こそ文明の試金石である。果たして健全な笑いとは何か、それはヒューモアとか風刺とかアイロニーなどとどう違いどう共通しているのか。このようなことについて現代日本の社会で、もう一度漱石のようにメレディスを「スタデー」してみることは決して無益ではない、と思う。

＊

メレディスは『喜劇論』の中で、ギリシャ語、ラテン語、フランス語、ドイツ語、イタリア語など、断片的ながら縦横に引用し駆使している。訳文ではそれらをすべて日本語にしたので、もとの多様性が失われた。またメレディスの原文では、引用文の出典はほとんど明記されていないが、出来るかぎり調べて本文中に、または訳注でそれを示した。ここには記さないが、引用作品のうちすでに翻訳があるものはそれを参考、またはそのまま使用した。そのまま使用した場合は訳注に訳者名のみ記した。なお、出典不明なものもいくつかあるのでご教示願いたい。なにしろ浅学非才の私には手にあまる箇所も多く、訳文も合わせて気づかぬ誤りもかなりあるのではと危ぶまれる。これもお気付きのかたはぜひご教示願いたい。作家・作品・地名などの固有名詞は原則として慣用に従ったが、アリストパーネスでなくアリストファネス、アテナイでなくアテネなど、いくつか訳者の好みで表記を決めたものがある。

使用テキストはコンスタブル版（一九〇六）のポケット・エディションを主にして、それにW・サイファー編の『喜劇』（ダブルデイ・アンカー・ブック、一九五六）を参考にした。同書には『喜劇論』とともにベルグソンの『笑い』が収められていて、これが風俗喜劇の理解に大いに有益だった。またサイファーの序文と巻末のエッセイ「喜劇の意味」も大いに参考になった。ほかにL・J・ポッツ『喜劇』（ハッチンソン大学ライブラリー、一九五七）、古今の喜劇理論のアンソロジーであるP・ローター編『喜劇の理論』（ダブルデイ・アンカー・ブック、一九六四）、R・B・ヘンクル『喜劇と文化』（プリンストン大学出版、一九八〇）、

T・G・A・ネルソン『喜劇』（オックスフォード大学出版、一九九〇）などが、参考になった。訳注は上記「岩波文庫」の相良訳のものをある程度参考にしつつ、全面的に書きなおした。なお参考までに、『エゴイスト』の序章の拙訳もつけた。ただし、朱牟田先生の名訳とは比べものにならない。

最後に、『喜劇論』で言及されている喜劇的作品の数は、アリストファネスから現代（といっても十九世紀）の現役のフランス劇作家まで、総数五十作をはるかに超える。アリストファネス、モリエール、コングリーヴなど主だったものには、一応目を通したが、それでもまだ三分の一近くは未見である。索引では、作家・作品の原名をつけ、翻訳のあるものは極力それを付したので、必要な方はそれを参考にしてくだされば幸いである。

終わりに、いろいろと力になって下さった日本大学文理学部英文学科の同僚の方々、および一緒に教室で『エゴイスト』を読んだ大学院生諸君に感謝したい。

一九九三年　　　　原　公章

ジョージ・メレディス略伝

ジョージ・メレディスは一八二八年二月十二日、イギリスのハンプシャー州の軍港ポーツマスで生まれた。父オーガスタスは、祖父から引きついだ仕立て屋をハイ・ストリートで営んでいたが、小説『エヴァン・ハリントン』（一八六一）で書かれたように商売に熱心というわけではなかったらしい。同年、同じ小説でミセス・メルとして登場する祖母のミセス・アン・メルチズデックが七十五歳で死去。ジョージの母ジェーンも彼が五歳のときに死去。ジョージは年三十五ポンドの遺産を受けることになった。幼年時代のメレディスは、近所の子供たちともあまり遊ばず、その父または祖父譲りの気位の高いふるまいや貴族的なハンサムな容貌から、「ジェントルマン・ジョージ」と呼ばれた。入学した小学校も町の子供たちが通う庶民の学校ではなく、サウスシーのセント・ポールズという上流の学校へ行った。彼の生来のプライドの高さはこのように幼い頃から際立っていたが、それは子供時代の家庭環境も大きく影響していた。さらに真偽のほどは定かではないが、メレディス自身自分の姓から祖父の出身がウェールズであると固く信じており、終生自分の中に流れるケルトの血を誇りに感じていた。それは後年、彼の書く小説に登場するウェールズ人が、ほとんどすべて好意的に、または理想化されて描かれていることに反映される（『喜劇論』訳注36参照）。しかし、一八三七年メレディスの父は破産したポーツマスの店をたたみ、息子を母方の親戚にあたるハンプシャーのある農場に預け、自分は家の手伝いをしていた女性とロンドンに出て日雇いの仕立屋になった。ジョージはそれから別の寄宿舎学校へ入れられたらしい。実は、この頃のメレディスの所在は現在なお不明の点が多い。後年のメレディスが自分の素性をなかなか人に明かそうとしなかったのは、親の職業もさることながら、こういう少年時代の思い出が関わっていると考えられる。ただし、『ハリー・リッチモンドの冒険』（一八七一）には農場で過ごした頃の思い出がなつかしさをこめて描かれているとされる。父は同棲していた女性と一八三九年に正式に結婚してロンドンに住みつき、四一年にはジョージの親権を放棄、息子の教育をある弁護士に託してしまう。ジョージにはまた母方の伯母の遺産が入り、それらの遺産によって一八四二年八月ドイツのライン川沿いの町ノィヴィードのモラヴィアン・スクールというプロテスタント系の学校の寄宿生となる。だが、たった十六か月のここでの生活はメレディスの一生に関わる影響を及ぼした。大陸の気候風土に加え、自由な学校の気風、何よりゲーテを始めとするドイツ文学が彼の精神形成のもととなった。しかもこの学校が彼の最終学歴となる(『喜劇論』では、メレディスはドイツ人の国民性にかなり手厳しいけれど、よく読むと愛情がこもっている)。

一八四四年一月の帰国後、ジョージがどこで何をしていたかこれまた不明だが、翌年二月、彼はロンドンの事務弁護士リチャード・チャーノックの事務所に入り、四六年二月正式に五年間の年期奉公人となる。メレディス十八歳の時だった。さて、このチャーノックはなかなかの文学愛好者(ディレタンティ)で、その家に集まる東インド会社の社員たちなど他の文学仲間と定期的に文学の会合を開いていた。メレディスもその会合に出て、自分たちの作った詩の感想などを言い合っているうちに、恐らく四六年の春か夏に、仲間の一人エドワード・ピーコックの姉ミセス・メアリー・エレン・ニコルズという未亡人と彼は出会う。メアリーは一八二一年七月生まれ、メレディスより七歳年上で娘も一人いた。彼女は『マンスリー・オブザーヴァー』誌への常連の投稿者（主として料理の記事だった）で、才気煥発の人目を引く女性だったが、何よりこの時のイギリス文壇の大御所トマス・ラヴ・ピーコック（一七八五―一八六六）の娘ということでいっそう文学サークルの人たちの注目を集めていた。四八年に初めて『マンスリー・オブザーヴァー』に自作の詩を投稿したメレディスが、この年上の女性に惹き付けられたのも十分納得がいく。メアリーも華やかな文体を駆使するこの二十歳の美青年に、豊かな将来性を見ただろうことは十分想像がつく。画家のホルマン・ハント（彼は自作『チャタトンの死』（一八五五―五六）のモデルにメレディスを使った）はこのメアリーについて、「当代の名家の男たちの注意を大いに引いた、馬上姿のよく決まったさっそうとした女性」だと書いている。一八四九年、二十一歳となったメレディスは「チリアンワラーの戦い」という詩を書きようやく認められ始める（彼は当初から民族独立の戦いに関心を寄せるタイプの詩人だった）。同年八月、メアリーと結婚、大陸への三か月近くの長い新婚旅行に出る。十一月に帰ってからの生活は、しかし二人の予期したとおりには進まなかった。五〇年には最初の子供が死産。五一年にメレディスは最初の『詩集』を出版する（有名な「谷間の恋」が収められている）。五三年に長男のアーサー誕生。この頃から生活の苦しさがどん底となり、義父ピーコックの援助もままならず、赤貧の生活の中で夫婦は互いのプライドを傷つけあいながら、次第に深刻な不和となっていく。しかしその中でメレディスは生活の糧となりそうもない詩作に見切りをつけ、一八五五年十二月処女作『シャグパットの毛剃り』を出版。アラビアン・ナイトの形をとったこの東洋風ファンタジーは、意外にもジョージ・エリオットを始め、各方面で絶賛された（ちなみにラフカディオ・ハーンもこのファンタジーを高く評価している)。青年床屋シビリ・バガラッグが、全世界の迷妄のもとであるシャグパット（もじゃもじゃ頭の意）に生えている魔法の髪の毛、アイデンティカルを切るまでの苦難苦闘が語られるこの作品では、人間の偽りのプライド（エゴイズム）が笑いと女性の力によっていかに克服されるかが主題である。早くもこの頃からメレディスは笑いの力の信奉者であった。一八五七年、極貧を見かねた画家のヘンリー・ウォリスがメアリーに同情して、彼女の衰えた健康のためにウェールズへ一緒に療養に行く。同年第二作『ファリーナ』という中編小説が出版される。ドイツのケルン伝説をもとにしたファンタジーだが二番煎じの感を免れない。翌年四月、メアリーは男の子を出産。メレディスはその親権を拒否する。同年八月、腎臓疾患で象皮病になったメアリーはウォリスとともにカプリ島へ転地療養に行き、二人は五九年の夏までそこで同棲する。同じ年の六月末にメレディスの出世作となる『リチャード・フェヴァレルの試練』が出版される。この小説でメレディスは、自分と妻との悲劇的な関係と現在の苦況を、喜劇的な目で見つめなおすことにより必死に乗り切ろうとしたと言える。自分の親友と妻に駆け落ちされたサー・オースティンには、残された一人息子リチャードの教育だけが唯一の生きがいとなる。厳重な監視による教育法を確立して息子を硬い枠の中で思いどおりに育てようとするが、自然の力の発露により息子は父に反抗し、偶然出会った農夫の姪ルーシーと父の承諾なく結婚してしまう。清冽な森の小川のほとりでのリチャードとルーシーの出会いの場面は、初々しい抒情が『テンペスト』のフェルディナンドとミランダの出会いに例えられながら描かれる。しかし父との心の行き違いからリチャードは、別の年上の人妻との関係にもつれこみ、我が身の不浄を意識しつつ身重のルーシーをおいたままドイツへ去る。息子の誕生を聞かされて一度自然の中で人間の生命力に目覚めたかに見えたリチャードは、やはり生来のプライドの高さのため、父と同じ軌跡を描くエゴイストとして最後に自滅する。これが以後のメレディスの全小説の原型となるテーマ、エゴイズム、センティメンタリズムを本格的に扱った作品であった。これはまた悲劇と喜劇の混じったメレディス特有の世界の成立を告げた。この小説も全体として批評家の評価はかなり高いものだったが、以後彼のあまりに難解で高踏的な文体が災いして、彼は『十字路館のダイアナ』（一八九一）の出版まで一般にはほとんど無名の小説家のままであり、依然として生活は苦しかった。彼はすでに何年間か出版社のチャップマン・アンド・ホールの持ち込み原稿の査読係（リーダー）として毎週木曜日同社で働いていたが、定期収入といえばただこれだけであった（この仕事は有名になったあとも終生続けた彼のお気にいりの仕事で、ギッシングはじめ何人かの作家を発掘した。しかしハーディの処女作やサミュエル・バトラーの『万人の道』を退けたことはよく知られている）。さてこのあとメレディスは、サー・オースティンと同じように、一人残された息子アーサーを連れて新しい生活に入る。同年の夏に帰国したメアリーとは彼女が死の床につくまでついに二度と会わなかったし、息子とも会わせなかった（メアリーは一八六一年に四十歳で死去）。六一年、『エヴァン・ハリントン』出版。仕立屋の息子エヴァンと、その素性を隠しとおして弟をなんとか貴族の娘と結婚させようと目論む姉を中心に、センティメンタリズムの霧とヴェールの渦巻く世界で自分の本体を失いかける青年の姿が描かれる。このころメレディスは同時に、自分と妻メアリーの関係をもとに男女のあり方を深くえぐる長編詩『現代の恋』（一八六二）を執筆していた。五十連からなるこの十六行ソネット連作はメレディスが唯一悲劇的主題に真正面から取り組んだ絶唱といってよい。妻の不義に気が付いた夫と、苦しむその妻、さらにはもう一人の女性がそこに加わるという状況の中で、その時の男女が陥る心理の深層をシンボリカルにえぐっていく。これを書くことでメレディスの中の精神的外傷がようやく治癒し始めたと言えよう。一八六四年、メレディスは父親がフランス人のマリ・ヴァリアミと結婚（妻の名前はまたもやメアリー）。以後のメレディスは、イタリアの対オーストリア戦争取材の特派員としての経験を生かし、イタリア統一革命（リソルジメント）を主題にした小説『イングランドのエミリア』（一八六四、後に『サンドラ・ベローニ』と改題）、およびその続編『ヴィットリア』（一八六七）を書いた。前者ではオペラ歌手を目指すエミリアを中心にその周りのセンティメンタリストたちのさまざまな姿を描き、後者ではイタリア統一革命に生きる青年男女の群像を描いた。こちらは漱石も絶賛した面白い小説である。メレディスはこの二つの小説の間に『ローダ・フレミング』（一八六五）を書いているが、これはローダとダリアという姉妹の無意識の対立関係を、それぞれの恋愛をめぐって扱った作品である。

マリとの間にマックスという男の子をもうけたメレディスは、一八六七年十二月、サリー州ドーキングのボックス・ヒルのふもとにあるフリントハウスに移り住んだ。以後、この場所がメレディスの終の住処となる。彼はこよなく愛した南西の風の吹きくる丘のふもとに、シャレーと呼ばれる二間の山小屋を建てて、そこを仕事場とした。『ハリー・リッチモンドの冒険』（一八七二）はメレディス唯一の一人称小説で、子供の頃の思い出に加え、なつかしいライン川ぞいの森や町も登場する。行方不明の父を捜すハリーは、父ユリシーズを求めるテレマコスに比される。ついで、メレディスは、親友フレデリック・マックスが無産政党から立候補して落選したのをもとに『ビーチャムの経歴』（一八七六）を書いた。

むなしい男の一生という趣きの物語である。翌年二月、講演「喜劇と喜劇精神の効用について」をロンドン・インスティテューションで行ない、それは『ニュー・クウォータリー・マガジン』誌に掲載された。これが後に一八九七年に『喜劇論』という名で独立して再び発表された。これはコスモポリタンであるメレディスの博覧強記ぶりがよく発揮された文学・文明論で、現在いささか古びたとは言え、いまなお喜劇を論じるには不可欠の古典的エッセイである。このメレディス唯一の文学論の実践と目されているのが、代表作『エゴイスト』（一八七九）である。青年貴族、エゴイスト・サー・ウィロビー・パターンがクレアラ・ミドルトンという二十歳の女性に婚約を解消されるというこの小説は、「女性に逃げられる」というかつての深いショックをメレディスが初めて客観化し喜劇的にとらえなおした作品とも言える。同時に、作家のロバート・ルイス・スティーブンソンをして生涯の愛読書と言わせ、すでに六、七回も読みまたさらに読むと言わせたほどの作品である。「ウィロビーは実に有益にぼく自身を白日のもとにさらけ出す」というスティーブンソンの言葉が、この小説の本質を語っている。この後疲労から一時病いに倒れたメレディスが、回復して最初に携わった仕事が、ドイツの思想家フェルディナンド・ラサールの伝記を小説化した『悲喜劇役者』（一八八〇）であった。これはメレディス版『ドン・キホーテ』と呼ぶことのできる作品となっている。ついで出たもう一つのモデル小説『十字路館のダイアナ』（一八八五）は、シェリダンの孫娘で女性作家のキャロライン・ノートンが政治的な秘密を『タイムズ』の記者に暴露したとされるスキャンダルをもとにした小説である。しかし、これは男性によるフェミニスト小説として、現在なお再評価すべき作品である。この小説によって突然メレディスはベストセラー作家の仲間に入った。アメリカでも彼の小説がよく読まれ始め、これまでの作品もようやく日の目を見るようになった。メレディスは詩人としても『大地を読む』などの詩集を出版できる身となり、当代一の大文豪として、続々と当時の作家協会の会員たちがボックス・ヒルを表敬訪問するようになった。ついには一八九二年テニソンの死後その後を継いで、イギリス作家協会の会長にまでも推されることになる。しかし、晩年のメレディスは次第に耳も遠くなり、若い頃の無茶な徒歩旅行がたたって身体もきかなくなり、車椅子の生活を余儀なくされる。それと比例して以後の小説『われらの征服者の一人』(一八九〇)、『ロード・オーモントと彼のアミンタ』(一八九四)、『驚くべき結婚』(一八九五)の三作は、その奇矯な文体がますます難解をきわめ、異常な忍耐を読者に強いる結果、いまではどれもほとんど読まれていない(とりわけ『われらの征服者の一人』はメレディス全作中でもっとも難解とされる)。だが一九〇五年、国王からメリット勲章を授与される。一九〇九年五月十四日、いつもの車椅子の散歩で風邪をひく。それがもとで心臓が冒され、五月十八日早朝永眠。享年八十一。死後、それまで長らく未完のままであった『ケルトとサクソン』(一九一〇)が出版された。メレディスは今もドーキングの墓地に眠っている。

喜劇論——喜劇と喜劇精神の効用について

優れた喜劇はまれにしか作られませんので、イギリス文学において喜劇的要素が豊かに見られるにもかかわらず、イギリス喜劇のリストに目を通すのにたいして長い時間はかからないでしょう。それらの作品をこれからわたしが提示する審査にかければ、きわめて評判の高い喜劇もその名にふさわしくないということになるかもしれません。それはちょうど、アーサー王の宮殿で例のマントの試練にかけられて、その不倫をあばかれたご婦人方[1]と同じようなものです。

喜劇詩人はなぜ頻繁に現われないのか、また偉大な喜劇詩人が現われてもなぜ単独のままでその後が続かないのか、については明白な理由があります。喜劇詩人がその素材と観客を与えられるためには、何より教養ある男女からなる社会、その中で思想が広く行き渡り知覚が生き生きと働いている、そんな社会が必要だからなのです。単にめくるめくような社会に見られる半野蛮的な慣習や、熱に浮かされたような激情的な時代は、彼の反発を招くばかりです。同時にまた両性の社会的不平等が目立つ状態も彼の反発を招きます。ある適度な知的活動が見られないところでは、知性に呼び掛けることをその務めとする喜劇詩人の真価は理解されません。

さらに、笑いを通して知性の本質に触れ、それを燃え立たせることは、単に溌剌とした威勢のよさというより以上のもの、何かこの上なく微妙かつ巧妙な手法が要求されるのです。それこそが喜劇詩人の生れ付きの才能でなければなりません。彼がひとたび自分の扱う材料に手を付ければ、仮にその才能がない場合でも、たちまち染め物屋の手[2]のように驚くほどその材料に染まった手を見ることになるでしょう。人々は背中や胸や脇腹をねらう機知の一撃なら、それに進んで身を任せようとしますが、その頭脳でだけは決して受け止めようとしません。喜劇詩人が狙うのはまさにその場所です。そこで頭脳の奥まで浸透するために、彼は巧妙にならざるをえないのです。他方、その一撃を迎える側にもそれに対応する鋭敏さが備わっていなければなりません。以上の二つの条件が必要だからこそ優れた喜劇詩人は何世紀もの間、一桁しか数えられないわけだと説明がつくでしょう。「立派な人々を笑わせることは困難な仕事だ」（『女房学校の批評』七場）とモリエールは言いますが、その企ての困難さはいくら過大評価してもしきれません。

さらにまた、喜劇詩人は右にも左にも、悲劇詩人や叙情詩人、はたまた哲学者にとってさえ思いもよらない類の敵に包囲されているのです。

この世には、ラブレーなら「笑いの無い人」と呼ぶだろう人たちがおります。[3] すなわち、決して笑わない人間のことです。その点では死体も同然で、たとえ針で刺したって血も流れないような人たちです。これらの人々を笑わせるくらいなら、岩から欠けて谷底に転がり落ちその転変をやめ、古びて灰色になった巨石をもう一度もとに転がせて上げるほうが楽だ、と言ってもいいくらいです。この世のどんな状況のぶつかりあいも、この人たちに笑いの火をつけることはまずありません。「笑いの無い」状態から「笑いを嫌悪する」

に至るまでは、ほんの一歩です。そしてこの「笑い嫌悪の人」はじきに、笑いは道徳を妨げる一障害だといって、その嫌悪にもったいをつけるようになるのです。
　またこの世には別の種類の人間たちもいて、彼らは自分たちを先の人々の敵対者だと好んで考えています。仮に彼らを「笑いすぎの人」と名付けることができるでしょう。すなわち、四六時中笑いっぱなしの笑い過剰者、ほんの微風にも、いや、しかめっつらひとつにさえ、もう鳴りだすような鐘の舌も同然な人たち、身体中がひどくしまらないので、ウインクひとつでもう笑いで震えだすような人たちです。

「だれでもかまわず尊敬するのは、なんの尊敬も払わないことだ」

（モリエール『人間嫌い』一幕一場）

それゆえ、全てを笑うことは喜劇の喜劇性をまったく識別していないことになります。

このようにはっきり区分される、笑いの無い人たちと笑いの過剰な人たちのいずれも、ポープの『髪の毛の強奪』[4]を読んでも、モリエールの喜劇『タルチュフ』[5]の上演を見ても少しも楽しむことがないでしょう。演劇に関しては、イギリスにおいてこれら二派はピューリタン（厳格な人）とバッコス信徒（浮かれ騒ぐ人）という形と名称をとってきました。というのも、たしかに劇場はもはや公序良俗を犯すものではなく、シェイクスピアが演劇界に復活して演劇を高貴なものにしてはいますが、それでもまだ私たちは、演劇をこれら二派の争点より上に完全に高めたというわけではないからです。私たちが喜劇という主題について語ることは、それ自体、一方の側にはほとんど放埒なやり方だと見えるでしょうし、それに対して他方は、喜劇を真剣に論じることなどその主題とまったくそぐわないことだと考えるでしょう。

喜劇の女神タリアは、九人のミューズ神[6]の中で最も敬われる一人であったことはかつて一度もなかったと、認めざるをえません。彼女はその生まれにおいて、人間たちのつまらない文明を大量殺戮についで、最もけたたましく表現する女神でした。アキレウスの頭上に輝く女神アテーネーの光がギリシャ悲劇の誕生を照らしだします。[7]けれど喜劇の女神はアリストファネスが酒神ディオニュソスに自ら名乗りあげさせた言葉に従えば[8]「酒瓶から生まれた息子」の神々しい保護の下に、大声あげて転げ回ったものでした。わがチャールズ二世は、イギリス風俗喜劇の同じような慈愛溢れる守護者でした。[9]この風俗喜劇というのは、舞台上でピューリタンをあざけり虐待する認可を得て、同じような闘争的上演[10]として始まったもので、アリストファネス劇という前例を上回るほど、ここかしこでバッコス的大騒ぎが見られたものでした。いや、もっと始末が悪い、なぜなら赤裸々な卑猥より冷笑と放縦の入り交じりのほうがいっそう忌まわしいものだからです。ある高名なフランス人[11]は、ギリシャ喜劇を一部始終見続ける男女観客の笑いに供するため、さらい上げた泥のような下らぬ種の中身を吟味して、次のような判断を下しました。即ち、彼らはその楽しみを選択するにあたりかくもがさつなのだから、他の事柄についてもおして知るべし、デリカシーなどほとんどなかったはずだというのです。このフランス人は恐らく神の祭礼に当然といえる、また喜劇詩人が譲渡せざる権利[12]として要求する、歯に衣着せずにものを言ってもよいというあの認可規定を十分考慮に入れていないのでしょう。あるいはまた、ギリシャ喜劇は、裁判事件の原告被告双方が発する最も大胆な発言を聞き慣れていた都市における、放縦の許された季節のお祭りだったという事実も考慮していないのでしょう。それはともかくとして、ウィチェリーの『田舎女房』[13]の上演を最後まで見続ける男女が、顔を赤らめる段階などもはや超えていたことは、疑いありません。ひとたびある印象をイギリス国民が受けると、それはいつまでも消えやらないという特質のため「劇場」という言葉はそれ以来ずっと、ピューリタンたちの神経組織を悪魔の剣先のようにずぶりと刺し貫いてきました。それは周知の反カトリック教徒たちが、食肉市場で有名なスミスフィールド[14]を通るとき、そこには新教徒を焼き殺した不吉な煙が未だにたちこめていて、あたかもモウモウ鳴く牛たちよりもその場所の記憶がもっと生々しくよみがえるかのようであったのと、まさに同じことです。傲慢な信仰心などひとかけらも見られない多くの家庭において、こと演劇に関しては今日に至るまで、ピューリタン主義の遺伝に出くわすのです。ピューリタン主義は、道徳を説く職業の一勢力としてはもはや完全に静まってしまいました。しかしそれが絶滅したと考えるのは誤りですし、かつてピューリタンたちが芝居や寄席の類いを嫌悪し、遠避け、非難したのには十分正当な理由があったことを忘れることもまた、正しくはありません。

この骨の髄まで沁みこんだ演劇嫌いと、笛太鼓の鳴り物入りで喜劇をもち上げる人たちの真ん中あたりに立てば、喜劇精神が私たちを置いてくれるだろう場所に私たちがいることに気がつくでしょう。パスカルが言うように、「いわば一つの固定した点として、他の人たちの逆上ぶりを指摘できる」からです。[15] そしてより多くの人々がこの「一つの固定した点」に位置するなら、喜劇の気風は社会の至るところにみなぎるようになるでしょう。

イギリス人が「風俗喜劇」について抱く観念は、赤ら顔で太った田舎娘の姿というイメージで表わされるでしょう――たとえば、ヴァンブラ『逆戻り』[16]に登場するホイデンがそうです。サー・タンベリー・クラムジーの娘であるこのホイデンは、結婚前には家で「青いグズベリーを食べること以外、父親の命令に背いたことがなかった」のです――その田舎娘が外面を飾りたてた都会夫人に変身するのです。大きな笑い声と気取った歩きぶりが特徴です。これが風俗喜劇の無分別な先祖となるのですから、子孫が落ちぶれても説明がつくわけです。彼女は途方もなく騒々しく動き回り、話す言葉はここぞと言う時には決まってピリッと気が利いています。そして「退屈」から逃れようと年中あたふたしているのです。それはちょうど、よく言われるように、ナイル川の岸辺に来た犬が、ワニを避けようと走りながら水を飲む様子に似ています。その「退屈」怪獣が彼女を捕まえるとき（実際時にそうするのですが）彼女は彼を泡になるまで叩きのめしてしまいます。その結果、「退屈」を重々しい巨体漢としか知らないものは、まさかそんな軽々しい空気のような形をしたものが彼だとは思いもよらないでしょう。

　この女主人公が五幕の最初から終わりまで跳んだりはねたりしたあげく、たとえば次のような知らせを告げて観客を驚かせます。すなわち、エイムウェルは、[17]舞台の外で生じた、現世におけるある突然の死によってロード・エイムウェルと変じ、かくて晴れて、意中の女性と結婚できるというのです。このとき、女主人公が観客から「茶番劇だ」と呼ばれるのを予想していないのは、まったく彼女の潑剌とした性格が面白躍如としているからです。第五幕は長い裾のついた正装のドレスとともに威厳ある幕となります。しかるに一幕、二幕、三幕はショートスカートで、品位を下げているといえましょう。家の者たちに女主人が与えるアドヴァイスは、暗がりで泥棒にピストルを射ったなら、その後にすぐさまピストルを投げなさい、そうすればたとえ弾がそれてもピストルが当たったって、悪漢はあやられたと思うかもしれない、というのです。彼女の機知の切っ先はこんなふうに、その騒がしい言葉遣いによって補強され、しかも彼女を賞賛する人たちの証言によれば、威力をもってそうされているのです。彼女の機知は、機関車の蒸気さながら、その推進力でもあるしまた、まっしぐらの突進を告げる警笛でもあるのです。終着駅につくや、その機知は機関車の上に漂う名残りの蒸気のように消え失せて、もはやその後では一切脳味噌は使われなくなってしまいます。それは上等なワインが持っているのと同じ長所で、かくてバッコス信徒たちが大喜びすることになるのです。このような機知について言えば、それは好戦的です。最も手際の良い手にかかればその機知は、ザ・モール（バッキンガム官殿前から公園沿いに続く大通り）を行く王党派の騎士の剣のようなもので、わずかな挑発を受けても、またわずかな挑発を与えようとして、たちまちひらめいて相手を傷つけるのです。通常、その態度は完全に殴りあいのけんかごしで、こぶしが二つパンチを繰りだしたり迎えうったりします。害の無い場合、たとえば「ばかなやつ」という言葉が使われたり、妻が夫の状態をあてこすったりするときには、その機知はクラウンの頭をたたくハーレクインの棒[18]のパシッという音がして、それと同程度に観客を爽快にさせてくれます。他愛のない空虚な笑いこそ最も望ましい気晴らしであると信じるとすると、どんなに意味深い喜劇もそれに比較して色褪せた底の浅いものに思われてくるでしょう。イギリス社会一般の抱いている観念をいい当てるのなら、両腹を抱えて笑っている「笑い」と、その脇でくすぐるつもりで「喜劇の女神」が、その「笑い」をげんこつで叩いているという集合彫刻像によって表わされるでしょう。喜劇の意味については女神の主張では、それは決して浮かれ騒ぎをもたらしはしません。喜劇に意味を求めるくらいなら、レース用ヨットに大砲を積むほうがましなくらいです。「道徳」は監督下の子女に出し抜かれる年配の付き添い婦人です。これがある明敏なエッセイスト[19]のイギリス喜劇に対する見方です。彼の言によると喜劇の終わりは、もし舞台の幕が役者の上にもう一度上がれば、しばしば悲劇の始まりとなるだろう、というのです。その昔、女性のはじらいは一本の扇子で守られておりました。劇を見ているご婦人方は、いざ礼節をというしるしが眼に入ると一斉に扇子の影に隠れて（それはまた実に都合の良い半円形をしていました）、その顔を覆うアーチ形についているきれいに縁取られた覗き穴から、こっそり横目でのぞき見したり、あるいはそのようにのぞき見る選択権を得ていたのでした。

「私はひそかに扇の影からこのように横目でのぞいてみました」

（テレンティウス『宦官』）

その扇こそ、いわゆる「風俗喜劇」（といってもそれはむしろ、見てくれは都会の、そのじつ南海諸島に住む人々の風俗の喜劇でしょうが）を私たちに与えてくれた社会の旗印でありシンボルなのです。そして喜劇の観念については、あるべき顔が背後についていない仮面のように、もぬけの空のままです。

エリア[20]といえば、パラドックスのガリオン船を浮かべて、できるだけ遠くまでそれを漂わせるのを楽しむという気質の持ち主でしたが、彼はわが国の技巧的喜劇の消滅を、まるでクレオパトラが乗ったナイル川の御座船の燦然たる輝きが消えゆくのを悲嘆の吐息をついて眺めている詩人のように、嘆いています。彼の時代にあってさえ感化院行きの定めにあった主義主張を弁護するエリアのあの静穏な調子は、滑稽感を生む新たな効果となっています。彼が呼ぶところのあの「半ばしか信じられない架空の人物たち」[21]をどんなに写実的に描いてももはや観客の胸に訴えなくなってしまったとき、彼らはあやつり人形よろしく胸に抱くに値しない、一緒にいても不愉快なだけの輩となりました。彼らのそのわざとらしさは目にあまるほどで、今ならさしずめ、熱烈に踊りあかした翌日の朝の光の中で見る化粧くずれした顔といった趣を与えるでしょう。一体どうして、ルアウェルやプライアントといった連中が、その悪巧みが巧妙だからといって褒めそやされたりできたのでしょうか。見たところ落ち着きもあり高い名声もある批評家たちが、世間が賞賛するようにと、彼らの薄ぺらな悪事を掲げたものでした。これらルアウェル、プライアント、ピンチワイフ、フォンドルワイフ、ミス・プルー、ペギー[22]、ホイデンといったすべての連中は、ただひとり魅力的なミラマント[23]を除けばみな、流行を追う上流女性の洋服タンスにしまわれた去年の服のように、すっかり生気を無くしてしまいました。あんな姿で現われたいという眼差しで彼らを見つめたりすれば、ことさら誰からも相手にされない現代のアビガイル[24]となるに決まっています。パンチとジュディ[25]の人形芝居を見る町の腕白たちが、梶棒を手にするそのショーの役者たちのだれかれにならって、けんかをすればたちまちげんこつを揮うようになるかどうかは、今なお疑問の余地はありますが、これまでそのように遠回しに言われてきました。怒りの道徳家たちも、イギリス人がなぜこんなに犯罪話が好きなのか、その原因を遡ると子供時代の童謡で歌われる「イギリス人の血の匂い」[26]に突き当たると言い続けてきました。いずれにせよ疑問の余地のないだろうことは、男でも女でも自分たちに何かいかがわしさがある場合、自分たちをありのままに見ることは愉快ではない、ということです。まして、その礼儀作法が改善したときには、かつての自分をありのままに見る気になどとてもなれないでしょう。それが生じるのは喜劇的芸術のリアリズムからなのです。それは大衆の気紛れではなく、向上しつつある状態の結果です。(原注) 不道徳な社会についても、下品な社会を写実的に公開する場合と同じことが言えるかもしれません。

フランス人は「ス・クゥイ・ルムエ」すなわち「心をかき乱すもの」と、「ス・クゥイ・エミュ」すなわち「心をゆり動かすもの」との間に、批評的な区別をつけています。リアリスティックな喜劇ではひっきりなしの「かき乱し」があります。なんの静寂も思想もなく、あるものはただドタバタする人物のみ。ただコングリーヴの『世間の習い』（これは舞台では失敗しましたが）[27]を除いて、わが国の喜劇をその長所を失わずに生き続けさせるものは何一つありません。そのリアリズムにもかかわらず、真の人物描写もなければ、引用に値する面白おかしいセリフもありません。思想だってもちろんありません。つまりピリッとした塩味も、気迫溢れる喜劇魂もないのです。

（前頁原注）コングリーヴの最初の喜劇『独身老人』（一六九三）では、そのリアリスティックな書き方が進んで、夫と妻が互いに愚かしい夫婦間の愛称を用いあう程にまでなっています。

フランス人には、ある威厳ある喜劇の一派があって、彼らがそれに背をむけそうになるときはいつも、刷新を求めてまたそれに舞い戻ることができるのです。彼らがそのような一派を持っていることが、ジョン・スチュアート・ミルが指摘したように[28]、フランス人の方がイギリス人より男も女も正確に知っている理由なのです。モリエールはホラティウスの教え[29]に従って、時代の風俗を観察し、彼の作り出した人物にその当時彼らにふさわしい色合いを与えたのです。モリエールは生のリアリズムで描くことはしませんでした。彼は劇の中心目的のために、人物の本質をしっかりと捉え、その思想の中に彼らを深く沁みこませるのです。彼はその研究対象をほんの少し持ち上げ和らげることによって（たとえば、人間嫌いの研究には元ユグノーのド・モントジェ公爵(原注)とか、サン＝シモンによればタルチュフにはロケット修道院長の場合のように）、その対象を永久に人間的であらしめる

（原注）タルマン・デ・ローは、公爵の肖像を素描した際、アルセストの性格が何に基づいていたかを示しています。

よう、その普遍化をはかったのです。確かに人間は人間社会に住むことが自然だと認めてごらんなさい。すると人間嫌いのアルセストは、たとえ軽い輪郭でしか描かれていなくても、無理やり人間としての色合いをおしつけずともそのまま、ひとりの人間として不滅のしるしとなるのです。

イギリス喜劇の流派は、社会というものをはっきりと想像力で描いたことはありませんでした。群れ集う男女の頭上を浮遊する知性の存在については、まったく想像だにしませんでした。イギリス喜劇が簡明直截だからといって、またその状況が観客の十分納得のいくよう描かれているからといって（批評家は感嘆してよくこう言うのですが）、そのイギリス喜劇を褒めそやす類の批評家たちは、モリエール喜劇に不満を唱えないわけにいかないでしょう。モリエール喜劇は個人の知性に訴えかけて、社会的知性の存在を知覚させ、かつそれに参加させるよう促すからです。素晴らしい悲劇ならイギリスにもあります。最も美しい詩劇もあります。また読んでみればはなはだ楽しい、時には上演されるのを見ても楽しい、文芸喜劇もあります。私がここで文芸喜劇というのは、主としてメナンドロスとギリシャの新喜劇[30]からテレンティウスにかけての古典喜劇という源から、古典的着想を引き出して書かれた喜劇のことを言います。あるいはまた詩人の個人的な着想から生じた喜劇、この世に何のモデルもなく、巧みにであれ稚拙にであれヒューモアたっぷりに誇張して書かれた喜劇のことをいいます。これがすなわちベン・ジョンソン、マッシンジャー、フレッチャーの喜劇[31]です。たとえば、マッシンジャー描くところのグリーディ判事[32]はこれまでもこれからも存在する「袖の下をたっぷりつかまされた」[33]類型だと、だれでも言うことができるでしょう。パニュルジュ[34]が喜劇的であるように、この判事も喜劇的ということになるのでしょうが、ただラブレーのような作家が手を付けた場合のみ、彼は真に生き生きと動き始めるのだと言えましょう。恐らくグリーディ判事は、田舎の掛け小屋の観客とか、私たちの友人のある人たちには喜劇的なのでしょう。ある類型に合わせて寄せ集めた性格を舞台に登場させ、それを楽しもうとするイギリス人の若々しい好みがもう無くなったとすれば、この判事が自分の食べる料理をいくら列挙しようとも、それを見て品よくにっこりできる笑い装置を組み立てることは困難だとわかります。同じようなことが、「エジプト王の足にかけて」と誓うあのボバディル[35]についても言えます。ただし、ある留保つきで。というのも彼はもっと素早く動くよう、そして実際に演技するようにさせられているからです。ジョンソンの喜劇性は学者が喜劇性を考え出したものですし、マッシンジャーの喜劇性はモラリストが考え出したものです。

シェイクスピアこそ、喜劇精神の充満した人物たちを生み出した源泉です。彼らには、生き生きとした血肉とでも呼べるものが、シェイクスピア以外のどんなところにも見られないほど多く、充満しています。しかも彼らはこの世の住人ではありますが、私たちの想像力と、かつ偉大な詩的想像力によって、私たちが囲いこめるよう拡大された世界の住人でもあるのです。彼らは言わば（私が今用いた比喩に合うように言うなら）城壁をめぐらした都会ではなく、森と荒地に住む人たちです。社交界という狭い世界の実状をあくまで喜劇的に展開しようと、集められ調子を合わされた人物ではないのです。ジェイクィーズ、フォールスタッフとその一党、多彩な道化の一団、マルヴォリオ、サー・ヒュー・エヴァンズにフルーレン（ああ素晴らしきウェールズ人！）ベネディクトとベアトリス、ドグベリー[36]などその他大勢、彼らこそ詩的な喜劇性を特別に研究するさいの主題です。

信じられないほど紛糾するシェイクスピア喜劇は元来、先に述べた文芸喜劇の部類にも入ります。比較的軽いほうの喜劇では、その構成においても文体においても、シェイクスピアとメナンドロスの間には、ごく自然な類似性があると考えられます。もしシェイクスピアが、イギリス史のもっと後の時代、エリザベス朝ほど感情的でも英雄的でもない時代に生きていたら、おそらく人間性と同時に時代風俗を描くことにも目を向けていたことでしょう。エウリピディスがもし、アテネが奴隷化されていても繁栄していたメナンドロスの時代に生きていたら[37]、恐らくロマンティック喜劇を作ることにその手を実際に貸していたでしょう。彼は確かにその素晴らしいメナンドロスという天才に命を吹き込んだのです。

フランスの貴族たちがルイ十四世の宮廷[38]に群がったことは政治的にはフランスにとって不幸な出来事だったと説明されています。だが喜劇詩人にはそれは大きな恩恵でした。彼はそこで微細生物の激情やら、途方もない気取りやら、落ち着き払った愚かしさやら、そういう生き生きと水銀のように流動する世界が十分活動するさまをすぐ眼前に見ることができたのです。大音響でわめくいかさま師、それに食いつくカモたち、偽善者、気取り屋、大仰な奴ら、学者気取り、意気盛んな貴婦人に気の狂った文法学者、十四行詩で愛を歌う侯爵連、野望の高い情婦たち、頭の鈍いメイドたち、これらが機織りの糸のように互いに織りあって、さながらお祭り広場の騒々しさです。ただのブルジョワ社会では、とてもこうはいかないでしょう。というのも中産階級が刺激と手本を得るには、ぜひとも才気煥発、軽佻浮薄の、独立した上流階級が必要だからです。そうでなければ、外面は正しくとも内面はつまらない社会となりそうです。だが、たしかにルイ十四世はモリエールに目をかけてやったのですが、社会におけるある人間についてのモリエールのあの比類の無い研究が、フランス宮廷のおかげだけで出来たのだということではありません。宮廷の娯楽のためにバレエや笑劇が書かれました。それらは下層階級の烏合の衆と同じく上流階級の烏合の衆にとってもまた、知的喜劇よりも貴重なのです。パリのフランス・ブルジョワたちは教育によって十分頭の回転が機敏にされ、心の目も開かれていましたから、『タルチュフ』、『女学者』、『人間嫌い』のような偉大な劇を迎え入れることができました。これらの劇は、民衆の知性をあてに危険な賭けをするようなもの、それも浅瀬に続く流れに乗り出した大型船も同然でした。『タルチュフ』は敵の船のように波のうねりに持ち上げられて視界に現われ、この劇排斥のため集められた陰謀団をド・コンテ公が国王に説明したように、「神ではなく敬虔なる人々」を怒らせたのでした。

『女学者』は、世間を災わすもとは何か理解するよう世間に教えるさい、喜劇が果たす効用を遺憾なく示す好例です。勿体ぶった「才女たち」の繰り広げる笑劇は、ある有名な小説によって一般に広まった奇怪で夢想的な専門語をあざ笑い、かつそれに歯止めをかけたのです。文法と語法において極度に潔癖を求める風潮、正確な言い回しをしようと気が狂うほど躍起になる傾向――こういう後の時代のそう顕著ではないけれど、さらに精巧な喜劇性に満ちたばかばかしさを『女学者』が暴いてみせたのです。フランス人はもう前からこの新手のナンセンスをずっしり感じていたのですが、その原因が暴露されるのを見ることで自分たちの悩みが軽減されるまでは、数回この喜劇を見なければなりませんでした。

『人間嫌い』は、さらにいっそう冷ややかに迎えられました。この劇はもうだめだとモリエールが考えたほどでした。「私はもうこれ以上この劇を手直しできないし、また今後も確実にそうしないだろう」と彼は言いました。しかしアルセストとセリメーヌの対立という喜劇の精髄が、最後には理解され喝采されたことは、フランス人が名誉ある国民だと称してもよいひとつの根拠です。すべての国において、中産階級が一般庶民となって現われ出ます。彼らは世の中と戦いつつ、その戦いに確実な足場を置いているから、世の中を一番よく知っています。彼らは最も利己的な存在なのかもしれませんが、それを言うと私たちを詭弁にさそう問題になってしまいます。この中産階級の庶民である教養ある男女、すなわち生活の一番良い部分をすくいとるのではなく、しかも自分たちの義務を全うしている、だが人生の苛酷な打撃からは免れている、そういう男女が鋭敏でバランスのとれた観客になるのです。そしてモリエールこそ、彼らにうってつけの詩人です。

イギリスにおけるこの階級の人々、ピューリタンでもバッコス信徒でもない大量の一団は、モリエール喜劇のような現実世界の研究に直面することにセンティメンタルな異議[39]を唱えています。その研究のもたらす真相が彼らに屈辱的に思われるときは、そんなもの何するものぞといった侮蔑の態度にでます。事実の数々が直接彼らに押し付けられるのではないときには、そんなもの信じるものかという傲慢な態度にでます。つまり彼らは、自分たちが理想の環境と思い込んでいる、ある靄のかかった環境のなかで暮らしているのです。ヒューモアのある書き物なら彼らも我慢するでしょう。いや、もし感情を揺さ振って高めるべくそれがペーソスと混じりあっていれば、ひょっとするとそれを積極的に是認するでしょう。彼らは風刺は是認しています。なぜなら風刺というものは、禿げたかのくちばしのように死肉の匂いがするからです。そして自分たちはその死肉ではないからです。ところが喜劇については、彼らは身震いするほどの恐怖を感じています。というのも喜劇は彼らを世の情けない大勢の連中とともに抱え込み、私たちもろともその連中を一緒くたにまとめて低劣な同類項としてしまうからです。喜劇は、中産階級より高く祭り上げられたどんな変種によっても、懲らしめの鞭としてまた汚れを払う箒として、使われることは出来ません。それどころか、祭り上げられた変種となること自体、喜劇精神の平静な好奇に満ちた目で見られることになり、その正体をあからさまに探られることになるのです。この階級の人々の中に男性の姿が見られます。またきわめて多くの教養ある女性の姿も見られます。彼らが好んで使うある言い回しからたやすく彼らを見分けることができます。たとえば「まさかわれわれはあんなにひどかないよ」とか、それが出来るわけでもあるまいし「あれが人間の本性ならどうか神様私たちをそれからお守りください」という言い草がそうです。だが、決して真相を見ようとしない自己本位の人たちが住むその特別な楽園では、ただそう叫ぶだけで欠点を補う長所となるのだと考えられています。

しかし、もし彼らに「健全な良識を嫌いますか」と尋ねたら、彼らは「いや決して」と断言するでしょう。また、教養ある女性に向かって「男性と同じ知的レヴェルで活躍しているところを見られるのはうれしいですか」と聞けば、女性たちはきまって「はい、うれしいです」と答えるでしょう。数多くの女性がそういう状況を求めています。ところで、喜劇こそ健全な良識の源泉なのです。才気をきらめかすからといっても、それでもやはり喜劇は申し分なく健全です。さらに喜劇は、女性たちがその機知をのびのびと発揮できる地位にまで彼女らを高めてくれます。女性は自分に機知があるときには、たいてい健全な良識の側からそれを発揮するのですが。喜劇が高まれば高まるほど、女性たちがその中で果たす役割がそれだけ顕著になります。たとえば『タルチュフ』に登場するドリーヌは、侍女にすぎないことは歴然としているけれど、常識が肉体をまとったような人物です。『人間嫌い』では、セリメーヌが同じ属性を獲得した女性であることに議論の余地がありません。男性としてのアルセストより、女性としてのセリメーヌの方がよほど賢いのです。コングリーヴの『世間の習い』では、イギリス喜劇に登場する男性のうち最も才気煥発なミラベルも、かのミラマントの前では影の薄い存在になりはてます。

しかし、極めて豊富で精選された言葉を使い、男性の攻撃を巧みに受け流して相手の防御もうち破るこの二人の魅惑的女性、セリメーヌとミラマントはともに、「何と冷酷な女だ！」と言われてしまいます。こんな女性より、ロマンティックでセンティメンタルな小説に登場する、きわめて女らしい、きわめて同情心のある、あの白痴美人、男の言いなりになる美人、気紛れが見事な束になったような女性になる方が、望ましくはないでしょうか。わが国の女性たちはそう考えるように教えられています。しかし、モリエールの『女房学校』のアニェスが男性にとって教訓となるべき人物です。喜劇の女主人公は世間的な女性と同様で、明敏だからといって必ずしも冷酷とは限りません。センティメンタルに育てられた男性の目には、彼女らがその機知を使うというただそれだけの理由で、冷酷に見えるのです。彼女たちは船長や水先案内人を求めて泣き叫ぶさまよう船[40]ではありません。喜劇は女性たちの男性に対する戦い、また男性たちの女性に対する戦いの表示です。そしてこの両者は、いかに互いに相違していようと、ともにただ一つの目標、すなわち「人生」に目を向けていますから、彼らの受ける印象が次第に似通ってくるにつれて、ある程度互いに類似してこないわけにはいきません。喜劇詩人が私たちに示そうと挑むのは、男女がこのように互いに似通ってくる姿です。社会生活でともに寄りそえばその精神も似たようになる、というのが喜劇詩人の言おうとすることです。それはちょうど、少女が専用の子供部屋に追いやられるまでは、少年と少女は互いによく似ていると、哲学者[41]が喝破するのと同じです。哲学者と喜劇詩人は、人生に投げ掛ける眼差しという点で縁戚関係にあります。両者はともに、霞のかかった国に住み、掻き乱されてはならない理想に生きる、勝手気儘なイギリス人には同じように評判が悪いのです。

こうして、長らく喜劇の観念を教え込まれていないために、わが国において当然喜劇の支持者になることを予想される教養ある中産階級の間に、大量の観客が失われています。喜劇を嫌うことにかけてセンティメンタリスト[42]は、ピューリタンにもまたバッコス信徒にも匹敵しています。

わが国のこれまでの喜劇の伝統は不運でした。一般の人々の好みは空虚な笑いに向けられ、いまなおそれに従う傾向が見られます。たとえばウィチェリーの『正直者』[43]に、イギリス喜劇の基調があることは、この劇を分析してみれば分かるでしょう。この喜劇は『人間嫌い』を散文で粗雑に翻案したような作品で、イギリス人の興味に的中するよう、卑俗化された主題に大量のリアリズムが詰め込まれたしろものです。それはモリエールの戯画化です。その足にはひづめがつき、耳の先には毛が生えているといった具合です。しかも、作家が喜劇の悪い伝統から抜け出ることがいかに困難かは、ゴールドスミス[44]のことを考えれば一目瞭然です。物語り形式による喜劇なら威厳あるほど自在に操ることができたゴールドスミスですが、喜劇としては単なる上品な笑劇を書いたにすぎませんでした。またフィールディング[45]のことを考えてみましょう。散文体および会話体においては喜劇的なものの巨匠だった彼は、こと喜劇そのものについては、舞台にのせられる程度の笑劇にさえ近づけませんでした。

これらの喜劇の悪い伝統は、舞台のみならずイギリス文学全般にわたって私たちに影響しており、さらにその原因は私たちの社会生活にまで追求できるかもしれません。この伝統が、今や私たちがそれにうんざりし尽くしている重々しい道徳的説教の下地です。すなわち、「人生は喜劇だ」とか、「喜劇の女神はあばずれ女である」[原注]とかいう説教で、これは

（原注）フィールディング[46]が抱くイギリス喜劇の意見については『トム・ジョーンズ』第八巻第一章参照。だが彼はそれを簡潔に言い表わしています。いつもの哲学もどきの（荘重な調子から一挙に滑稽になる）漸降調の練習としてではありません。

創作に疲れを感じた人気作家が、当世風に皮肉を飛ばして説得力を持ちたいと願う時の常套手段です。それは人生の観念を歪めるもの、また、私たちが野蛮性からようやく脱却させさらに高めようとする社会に対する正しい尊敬心を歪めるものです。

この種の出来合いのイメージが、小心な人たちにより、また敏感な人たちにより、陰気な人たちによってと同じく、ひどく真面目に受け止められています。というのも自分自身の目で外を見る人は多くないからです。自力でものを考える習慣を持つ人はさらに少ないからです。わかりきったことですが、人生は喜劇ではありません。それは奇妙に混淆したものです。喜劇はまた下劣な仮面というのでもありません。フランス喜劇の改悪された移入は有害極まりないものでした。なにしろ気高い芝居がひどい時代の浅ましい趣味に合うよう、滅茶滅茶にされたのですから。さらに、後の時代のその模倣作は、その毒が一部抜けてお上品になったものの、独創的な研究と力強い構想がないため絶え間なく同じ状況が繰り返されるばかりで、面白可笑しくはあったけれどやっぱり退屈でした。『人間嫌い』

第五幕二場[47]は、疑いなく独創的な研究の材料がわが国では生まれないという事実により、ウィチェリー、コングリーヴ、シェリダンにより続け様に模倣されています[48]。しかもそれは二番煎じであるため、皮肉な仕方でそうされています。あるいはその調子が皮肉っぽいと言えましょう。たとえば「使用人の部屋で」それが生じる、という風に。このように扱われた喜劇は、わが国の社会生活のごく普通な世間的理解の翻案だと認められるかもしれません。少なくとも社会生活に関する一般的見解に合致したものだと。そこに警句も作られます。けれどそれは何ものも教示しません。むしろ害を与えがちなのです。それに対して正しく扱われた喜劇、たとえばイギリス人がかくも滑稽に誤って扱ってきたモリエールの場合にそれを認めますが、そのモリエールの喜劇は人生に対して何の不名誉な批判の光[49]も投げかけはしません。何よりもまずそれは奥深いところから構想されています。それゆえ不純になりようがないのです。いまの発言をよくよく考えてください。人間は悪に対して、かつてこれほど激しく鳴る鞭をふるったことはありませんでした。しかもそれをふるっているあいだ、彼の見事な自己抑制は揺るぐことはありません。それどころか、タルチュフとアルパゴン[50]はそれぞれが、自分と自分の階級、偽りの信心家たちと狂気なほど強欲な人間たちを鞭打つようにさせられています。モリエールはただ彼らに始めの動きを与えただけでした。彼は「愚行」の着ていた服を脱がせて素裸にし、そのぺてんを暴露し、クリザールがフィラマントとベリーズに読んで聞かせた教え[51]でもって、「愚行」にもっと良い服を提供することで満足するのです。モリエールの構想は純粋、その書き方も純粋で、この上なく簡潔な言葉、この上なく簡潔なフランス語の詩形で書かれています。彼の機知の源は明晰な理性です。それはその土壌から湧き出る泉でもあります。泉の水がほとばしって、理性、良識、公正そして正義を擁護します。無駄な目的のためには一度たりとも使われません。モリエールの機知はきわめて広く行き渡る精神をしていますから、たんなる駄じゃれにも意味と興味が吹き込まれます。(原注)彼の説く教訓は尻尾のようにだらりと垂れ下がったりしませんし、また近年の写実的なフランス劇によくあるように観客に向かって引っきりなしに目くばせする一人の人物の口からそれが吐き出されることもありません。彼の機知は作品の中心にあって、有機的生命体のもつあらゆる鼓動がそこに脈打っているのです。人生をモリエールの喜劇にたとえるとすると、そのたとえにはいささかの不名誉もありません。

コングリーヴの『世間の習い』は、その著しく華麗な書き方とミラマントという人物のおかげで、彼自身の他の劇もふくめて、イギリス喜劇の例外作です。この劇には「世間とはこうしたもの」という陳腐な着想のほかに、これといった着想は見られません。劇の終わり方も、幕を降ろすほどよい時期に、たまたま書類が発見されるという使い古されたや

（前頁原注）たとえば『女学者』二幕六場、

ベリーズ　お前は生涯グラメール（文法）を傷つけたいの？

マルティーヌ　グランメール（祖母）もグランペール（祖父）も誰が傷つけたいっていうだね？

この駄じゃれは、一人の田舎娘の口からまったく真剣に発せられたものです。

り方です。コングリーヴにとって劇のプロットは、いつも後からの思いつきでした。たとえば、『二枚舌使い』[52]で彼がなんとかプロットのようなものを手に入れたのは、どんな間の抜けた目にもその顔に「絞首台」と書かれているのがわかる、でくの坊の悪漢マスクウェルのおかげでした。[(原注)]

コングリーヴの喜劇『世間の習い』は「コケティッシュな都会女の愛を勝ち取る法」とでも呼べるもので、女主人公ミラマントは、ミラベルへの抵抗とその屈服の仕方の両方において、またその言葉遣いにおいてもまた、コケティッシュな女の完全な肖像となっています。ここでの機知は『恋には恋を』[53]のいくつかの一節ほど顕著ではありません。『恋に

(原注)マスクウェルはイアーゴウをモデルにして、意欲満々の腕白小僧の手になるかのように造形された人物に思われます。マスクウェルは繰り返し自分の「創意工夫」に突然呼びかけます。「わが創意工夫よ、ありがとう」また、ある創意工夫を思いつくと彼は言います。「それはわが脳か、それとも神か、どっちだっていいやい」確かにどっちだっていい。だがそれは脳の方ではありません。

は恋を』では、ヴァレンタインが狂気を装ったり父親に言い返したり、フレイル夫人が、女の美徳に与えられる傷は「傷口を空気にさらさぬ限り」無害だといって、それを喜んだりします。それにくらべると『世間の習い』では、機知はそのようなピリッとした爽快さの味付けがされていないかに思われ、話し手たちの言葉遣いはより特徴的になっても、機知はその中に薄められ散らばっています。しかしながらここでもまた他の場合と同様、コングリーヴの有名な機知は弱いものいじめの剣客同然です。この剣客、腕前披露のためならわなを仕掛けることだっていささかも恥じず、ある普通の言葉遣いと、間違った言葉遣いという火薬庫の間に続いている導火線にいつ火がつくかと、じりじり待ち焦がれていることは紛れもありません。コングリーヴの機知をモリエールのそれと比較してみましょう。前者の機知はトレドの剣[54]で切っ先鋭く、鋼鉄にしては素晴らしくしなやかです。この剣は決闘用に鍛えられたもので、鞘の中では落ち着かず、ひとたび外に出ればかくも華麗な抜き身の姿。白刃ひらめけば、敵を求めずにはやまずといった風情です。モリエールの機知はそれに対して、森を流れる小川のようです。曲がり角ごとに、無数の新鮮な光がキラキラ水面にきらめきます。森を通り抜けることが小川のつとめです。その上で騒々しい音をたてようとして、障害物を求めて流れていくのではありません。けれど枯葉とかそれよりもっと下らぬものが流れの行く手にたまっていくと、小川の自然な流れの声が増していきます。それは何の努力もなく、また、してやったりというまぶしい光の輝きもなく、治癒力に満ち満ちているのです。それがモリエールの育ちの良い機知、つまり知恵のある機知です。

ウォルター・サヴェジ・ランダー[55]は言います、「本物のヒューモアと真の機知は健全で包容力ある精神を必要とする。それは常に威厳のある精神である。ラブレーとラ・フォンテーヌは、同国人によって〈夢想家〉だったと記録されている。パスカルほど威厳のあった人物はほとんどいなかった。また彼ほど機知に富んだ人物もいなかった」（『想像的会話』の「アルフィエリとユダヤ人サロモン」の章）

パスカルのような偉大な頭脳を引用して、それをイギリス人に当てはめるのは不公正でしょう。コングリーヴには確かにある種の精神の健全さがありますが、ランダーの言う意味での包容力については、ほとんどありません。機知という点から判断すると、彼は何度か巧みにその剣先で突きを果たしていますが、それが本物だと考えてもなおそれは表面的な機知であって、深みから湧き出たものでも、また泉から流れ出たものでもありません。

「気の利いた言葉を話すために彼が苦労しているのがわかります」56

コングリーヴは、「ばか」という言葉の哀れなおいぼれ馬を、彼の競争者のだれにも負けないくらい残酷に、機知の市場まで駆り立てていきます。その例を挙げましょう。これは人々の賞賛の対象としてよく挙げられる部分です。

ウイットウッド　そいつがおれのばかな兄貴からの手紙を持ってきてくれたんだ……
ミラベル　ばかで君の兄貴だって、ウイットウッド?
ウイットウッド　そうだそうだ、おれの腹違いの兄貴だ。つまり半兄弟ってわけだ。名誉に誓ってそれ以上の血筋じゃあない。
ミラベル　じゃあ、そいつは半ばかってことにもなりそうだぜ。
（『世間の習い』第一幕六場）

この一節はあらかじめ用意したものであることは明白です。そう言えば学校時代にこれを耳にしたことがあった、と私たちも思い出す類の機知で、才気走ったよそ者がこれを使ったのですが、少し後には恐らく自分でも使ってみたことのあった機知です。ロンドンに出て劇場にも行き作法も学ぼうという田舎紳士にとっては、これは疑いなくぱっと放つ知的花火の輝きでした。

コングリーヴがその競争者であるイギリスの全劇作家たちにまさっているところは、その文学的力強さと彼特有の簡潔な文体です。彼には正確な判断力と正確な耳があります。また狭い範囲内で実例をあげて説明する、つまり明白なものを明白なままスナップ写真の形で説明する用意と豊富な言語があります。彼は会話において、洗練された文体と自然な文体の中間にうまく突き当たっています。精確で同時に多弁です。これまで皆さんが文体について考えたことがあれば、文体こそすぐれた業績であることがお分りでしょう。この点ではコングリーヴは今や大芸術家です。モリエールと肩を並べて同じステップを踏むだけの価値があります。『世間の習い』は現代でも初見で音読出来る作品です。目を見張らせる強い意味の力点が、それほど確実だからです。それは歯切れの良い、巧妙に洗練された文章の力によるものでしょう。彼に身を任せるのに、わざわざその文章全体に目を通す必要はありません。ひとたび乗れば読者を無事に運んでくれる文体だからです。シェリダンはコングリーヴを模倣しましたが、彼を追い越すことなどとてもできませんでした。レディ・ウィッシュフォートが私室で流れるように話す「魚河岸」言葉[57]は、舌の活力と切っ先の鋭さにかけては比類がありません。それは怒りまくる自然の女神の声さながら、これが最後という響きをあげて回り続けて、実際、貴婦人になった魚河岸の女房が話すような、威勢の良い雄弁となっています。

ミラマントは賞賛に値する、ほとんど愛すべきヒロインです。女性特有の話しぶりだけを使ってその肖像を描きだすことは、作家にひとつの才能がある証拠です。ミラマントの話す全てのせりふに、彼女の存在を感得できるでしょう。結婚に目をやりながら彼女が恋人に持ち出すいろいろな条件、洗練された貴婦人がたたえる奥床しさ、また洗練された貴婦人らしく淫らなことなど難なくはぐらかすその巧妙さ、媚を売るようなしなつくり、そしていつまでも続く優柔不断のもてあそび、普通のメイドの場合ならこれは恥じらいということになるのでしょうが、彼女の場合は、その言葉によると屈服して「妻の身分に縮む」（四幕五場）までそれが続くのです。これら全てが額縁のなかで生きづく絵を構成し、ミラベルの彼女を描く次のような説明と一致しています。

ミラベル　ほら、まさしく万帆挙げたミラマントがこっちへ来る、扇を広げ、吹流しをなびかせて、はしけがわりにばかものの群れを従えている。

（二幕五場）

さらに、会見のあとでは、

ミラベル　君のことを考えろだって！　たとえ旋風に巻き込まれたって、旋風のことを考えるほうが、もっと落ち着いて黙想できる、身も心も本当に静かになれる。

（二幕七場）

ミラマントだけに見られるような、生き生きした彩りがその声にこもるのは、彼女がミラベルを夫として迎えるよう、フェイノール夫人に励まされる場面です。夫人が「だってたしかにあなたは彼に気があること、私にはわかってるのよ」と言うと、

ミラマント　あらそう？　どうやらそうらしいわ。それにあの嫌な男もそう思ってるみたいな顔つきよ、云々。

（四幕六場）

これは読むだけで、場面全体の調子が耳に響き、そのスケッチと色合いが目に見えてきます。

セリメーヌでさえ、生彩さにかけてはミラマントに遅れをとっています。男ごころを魅了する気紛れといった雰囲気が、この喜劇のヒロインの魅力の上に漂っているからです。それはまるで美しい口元が、言葉を交わしながら生き生きと動き回るといったようです。

けれど機知においては、ミラマントはセリメーヌの敵ではありません。彼女が発する言葉はその個人的魅力を増しはしますが、ただそれだけでそれ以上記憶に残らないのです。彼女は一瞬光る肖像画のようなもの、ものを考える女性ではなく、ものを考えない上流女性の類型です。そのために、この類型がある階級を代表しても、実はそれは下層の階級です。それはちょうど、ゲインズバラが描く貴族女性の等身大の肖像画が、ヴェネツィア派の画家[58]が描く、印象の永続する美しい顔に及ばないのと同じような具合です。

ミラマントをセリメーヌのわきに並べると彼女は、ある性格のリアリスティックな描写がイギリス人の気に入られるためにはどこまでそれを進めてよいか、またどこでそれが失敗しているか、を示す実例となります。これに対してセリメーヌは、手に負えない機知で武装して盛んに動き回る女性の精神といってよく、同時に世間に対する明敏な澄んだ眼差しと、自分も元来その世間の一員で、そこでこそ一番くつろげるのだという、はっきりした認識を持っています。彼女がアルセストに惹かれるのは、彼の誠実さを尊重するからです。彼女はこの男の良識のどこが病んでいるかを、見ないわけにはいきません。

ルソーは『人間嫌い』についてダランベールに出した手紙[59]で、まるでモリエールが完全な人間嫌いの実例としてアルセストを提示したかのように、アルセストの性格を論じています。しかるにアルセストは、彼がたまたま置かれた交際範囲の人たちを嫌うにすぎません。彼は田舎に内在する美点をいじらしいほど信じていますし、可憐な素朴さには鑑識眼のある愛を抱いています。またその題名のもととはなっていますが、彼だけがこの喜劇の主要人物というわけでもありません。彼が喜劇的といっても、それはただ受け身の意味でしかありません。セリメーヌこそ能動的な精神なのです。彼が非難しののしっている間にセリメーヌに課せられた試練は、いかに彼を最大限有効に仕立てるか、また機知に富む女性が熱烈に求婚されたときに出来るかぎり、いかに自己を抑制するか、というものでした。彼の真価を認めることで、彼女は事実上自分の欠点を告白することになります。彼が少しだけ譲歩する気になっているより、セリメーヌの方がいっそう自分から彼に歩み寄る気持ちになっています。ただ彼女はまだ、世界が楽しくてたまらない「二十歳の娘」にすぎません。だから宮廷をぶんぶん飛びかう金を塗りたくったハエたちがあほらしいとすれば、妥協の余地のない狂信者にだって同じくばかげた特徴が見られるというものです。この人たちが彼女の人生を楽しくさせているのだから、その階級の良識に手引きされようとしない一人の男のために、そんな楽しい人生を投げ捨てることが出来ましょうか？ しかもこの男ときたら、彼女の目にはどうしても自殺としか思えない、一つの極端の中に一緒に飛び込んで、別の極端を避けましょうなどと言い張るのです。これが『人間嫌い』の差し出す喜劇的問題です。セリメーヌは考えます、私が秘かに本当に心から彼を好きになっているんだから、彼の心はその嬉しさになだめられている、それに世間を皮肉ることで復讐も遂げているんだから、もう世間といざこざなく交わり続けてもいいはずだ、なのにどうしてそうしようとしないんだろう？ 私だって自分のそう大して高くはない基準からそうしているし、やがては彼のもっと高尚な基準からそうするつもりなのに。

つまりセリメーヌは世俗性そのものです。他方、アルセストは非世俗性そのものです。しかしそれは完全に非利己的だというわけではありません。鋭敏なセリメーヌの頭脳が見抜くのはそこのところです。それでもなお彼は、彼女の交際範囲の中では極めて非凡な人物です。だからこの「緑のリボンをつけた男の人」（五幕四場）を尊敬するのです。この男についてセリメーヌは、その皮肉な舌が軽快に動く時には「時たま楽しませてくれるけど、それより私をひどく苛立たせる方が多いわ」（五幕四場）と言いもできます。不幸なことに、アルセストの中にあって彼女の尊敬を勝ち取った真実なる魂は、服従、沈黙、または容認を拒否し、二人の順調な融和の絶え間ない障害物となってしまいます。彼はそういう憂鬱症の人物で、自分を除く全ての人間のあら捜しをする男です。自分だけが持っている疑う余地の無い誠実と、それにふさわしいいっそう素朴な生き方をしたいという理想を愛する人物です。これは宮廷のジャン・ジャック・ルソーとでも言えましょう。セリメーヌを許す時彼は彼女に、自分の後についてきて人間世界を去ってほしいと申し出て、拒否にあうや狂ったように彼女を嫌うのですが（五幕四場）、それはまさに完全なジャン・ジャックの気分です。彼は実利面ではゼロでも何物にも替えがたい美徳に恵まれた人間です。けれどセリメーヌにとって、彼と一緒に人里離れた地へ逃げることは、すなわち宮廷から

（アルセストの言葉によると）

名誉を重んずる人間として何の束縛もなく生きられる　（五幕四場）

田舎に行くことにほかなりません。それでは自分が飢えてやせこけた風刺家の連れとなりそうだ、まるで従者と駈け落ちした哀れな王女が、森の中で二人とも腹をすかせたとき、その男から身の肉をよこすよう命じられたようだ、とセリメーヌは感じたのかもしれません。彼女は自分の機知と魅力を存分に楽しむ、大変なコケットです。彼女を恋する多くの他の男たちに囲まれながら、人間嫌いのアルセストに心が傾くことで一味違う女性です。

ただし彼女はその男たちを断ち切ることが難しいと感じます（一体、男性たちに取り巻かれた女性の誰がそう感じないでしょう）。その手に負えない機知をさらけだして、男たちの非難を浴びるようになると、セリメーヌは自分の出来る最大の努力をしようとします。すなわち誠実なアルセストと婚約する気になるのですが、しかし、どうしても世間を完全に捨てきれないのです。そんなことをしたら、それこそ浅はかな女となるでしょう。

この物語の輪郭は薄ぺらです。ぴりっとしたプロットを編み出すわが国の劇作家たちなら、その概略の中に生命が躍動している兆候など何も見いだせないでしょう。でも喜劇の生命はその観念にあります。目に見えないヒバリの歌声を聞くとき、その歌に注意を向けるにはまず当の鳥を愛さねばならないのと同じように、この喜劇の女神のこの上なく高い飛翔を目にするとき、『人間嫌い』という作品を理解するには何より熱烈に純粋な喜劇を愛さねばなりません。喜劇の観念を進んで受け入れねばなりません。そして喜劇を愛するためには、現実世界を知らねばなりません。男性のことも女性のことも十分よく知って、たとえ彼らに対して望みは捨てなくとも、彼らからあまりに多くを期待しすぎることがないほどにならねばなりません。

ギリシャの喜劇詩人メナンドロスは『女嫌い』という喜劇を書きました。この劇は彼の作品中最も有名なものだったと言われています。残っている断片によるとこの女嫌いは妻のある男で、その妻を憎むことから全女性を嫌うようになったと言われます。すなわち、この男は自分の運命につきまとうこの嘆かわしい（妻という）付属品の実例から女性全体の一般論を述べて、その結果どうやら、妻との争いでさんざん打ち負かされたらしいのです。これは上流社会で現実に生じる結果とよく似ています。この男はまたその敗北を喫しても当然だったようだ、というのが原稿に同じく忠実な記述です。しかし、果たしてこの妻が女性全体の十分な声を代表していたかどうかは、はっきり言うことが出来ません。またこの作品においてメナンドロスがどの程度まで女性という観念を泥の中から救いだしたかも言えません。泥の中にその観念を突き落としたのは、メナンドロスに先立つギリシャ喜劇の中期と次の新喜劇の時代の喜劇詩人、いやむしろ風刺的劇作家たち[60]で、彼らはとりわけ男によく知られた壁の外の女たち（娼婦のこと）をののしったり、また気分を替えて誉めたたえたりすることに、もっぱらその機知を捧げたのでした。メナンドロスはことさら彼女たちを祭り上げることなく理想化したのでした。彼はタイースというひとりのアテネの遊女を風刺しました。テレンティウスの『宦官』に登場するメナンドロスのタイースは、その職業の点で男を引き付けるわけでも、男に嫌がられるわけでもありません。彼の描く二人のアンドロス島の女性[61]クリュシスとその妹はやさしさにかけてはどこにも比類がありません。しかし彼の時代の貞淑な女性たちの状況は、セリメーヌのような女性が何にも束縛されずに行動したり、巧みに言い抜けたり出来るような余地がなかった。その結果、当時の喜劇は私たちの言う純粋な喜劇の標準に達していないのです。

サント＝ブーヴ[62]が呼び出したメナンドロスの霊は、「私のためにどうかテレンティウスを愛してください」と言います。現代人がメナンドロスを愛することが出来るのは、ローマの喜劇詩人テレンティウスを愛するからです。テレンティウスの喜劇で今も保存されているものは、「エピキュロスの友」(テレンティウスのこと)の最良の作品ではありません。『恐怖にかられた恋人』および『髪を刈られた乙女』といった作品がたたえている有望な調子は、嫉妬の場面や、また主人の権威をあまりに横暴に見せつけようとして後に後悔する、それも、断片が示すように弱者と戦っていると思い込んだ節度のない男がよく味わう類の後悔に至る、という場面に見られます。

テレンティウスの六つの喜劇のうち、四作までメナンドロスから採られています。残りの二作『継母』と『フォルミオ』はアポロドロスから採ったものです。この二作は喜劇的な筋の運びとメナンドロス特有の甘美な雰囲気という点で、先の四作『アンドロス島の少女』、『兄弟』、『自分を責める人』、『宦官』に劣っています。しかしフォルミオは『宦官』に登場する食客グナトニスよりも威勢がよくて楽しませてくれる、宴会好きな居候です。

この時代、およびそれに先立つアテネの喜劇の時代には、数多くの競争者がおりました

（ただし彼らについては、アテナイオスとプルタークおよび格言を支えるために彼らを引用したギリシャの文法家たちの引用文によるほかは、現在私たちはほとんど何も知りません）。というのもメナンドロスの喜劇は何十という数で数えられているのに賞の栄冠に輝いたのはたったの八回だったからです。しかしローマと同じくギリシャにおいても、批評家に気に入られた詩人はメナンドロスでした。そしてたとえ彼の競争者の何人かがここかしこで喜劇的迫力の点で彼にまさり、さらには、これより先にアリストファネスの天才が『雲』と『鳥』で当然受けるべき賞を同じように奪われることになった理由、すなわち時の状況にぴったりあてはまるというわけで彼らが競争でメナンドロスを追越しはしても、なおその時代の喜劇詩人の第一人者としての彼の地位に異議を唱えるものはいませんでした。プルタークはまったく必要もないのに、アリストファネスをメナンドロスとの比較に引きずり込みました。アリストファネスとしてはさぞ困惑したことでしょう。何しろ両者の目的も、扱う材料も、時代も完全に異なるからです。けれどプルタークは、アテネ風の文体美がそのパトロンたちの喜びのもとであった時代にものを書いていた作家ですから、彼がメナンドロスを最高位に置いたことも不思議ではありません。どの程度忠実にテレンティウスはメナンドロスを模倣したのか、彼がディフィロスから採った『兄弟』の一節について述べたように、より美しい場面（たとえば、死にゆくアンドロス島の少女の最後の言葉やその葬式の描写）では「言葉通りに」模倣したのかどうか、これは依然として推測にとどまっています。私たちにとってテレンティウスは、落ち着いていて常に優美な、エリュシオン（極楽）の言葉のような快感を与えてくれる、また

まさるものがないほどにまで、つつましく美しい

アンドロス島の女の妹の顔のような快感を与えてくれる、という賛辞をその師匠のメナンドロスと分け合っています。よく知られたラテン語の「フレンス・クゥァム・ファミリア

リテル」('flens quam familiariter') という部分は、どんなに忠実に翻訳しても耳障りな散文の浅瀬に絶望的に乗り上げてしまうのですが、最愛の友である姉を失って、ただ恋人だけが残されたひとりの少女の悲しい胸のたけをよく表しています。これをあえて翻訳すると「彼女は振り向くと恋人の胸に身を投げて、その胸でやすらぐかのようにさめざめと泣いた」これこそもとは、ギリシャ語に違いない、もっともギリシャ語でこれ以上すぐれたものはないくらいだ、と私たちの本能が語りかけます。テレンティウスの作品のある詩行をメナンドロスのもとの断片と比べて見ると、彼がそれに潤色を施していたことがわかります。しかし彼の趣味はあまりにも優美で繊細でしたから、上に挙げたような断片にあたった時はそれを忠実に翻訳することにその天才を傾けることしか彼には出来ませんでした。そうしますと、まずメナンドロス、彼とともに共感の類似性を通してテレンティウス、そしてシェイクスピアとモリエール、彼らこそこのような言語の美しい透明な光をたたえている詩人たちです。喜劇詩人の研究は、ただそのためにだけでも、勧められるでしょう。

メナンドロスの作品にはある奇妙な不運がつきまといました。現在テレンティウスの作品中に見られる限りのメナンドロスの断片は、おそらく教養あるローマ人を喜ばせるために選ばれたのでしょう。(原注) そしてそれは、メナンドロスの二、三の原作を丸めてひとつにすることによって、『アンドロス島の少女』と『宦官』という二つの例に見るような、喜劇的な陰謀をともなうロマンティック喜劇となっています。

メナンドロスの失われた劇の題名をいくつか見ると、その内容を照らし出す喜劇的な性格がほの見えてきます。「自己憐憫の人」、「自己懲罰の人」、「不機嫌な男」、「迷信深い男」、「疑い深い男」など、これらはみな示唆に富む家庭的主題を示しています。テレンティウ

(原注) がさつで保守的な年寄のローマ人たちは、テレンティウスを喜びませんでした。彼らはプラウトゥスの方を好みました。テレンティウス劇の序幕では、自分の作品を気難しい批判の目で見る「老詩人たち」について繰り返し言及されますが、それは遂には喜劇的効果を読者に与えています。

スはギリシャから手書き原稿の翻訳をローマに送ったのですが、途中でその船が遭難してしまいました。その宝物を再現することが出来たはずの当の本人も、帰国途中で死んでしまいました。さらにビザンチュウムの熱狂者たちがその破壊活動のとどめをさしたのです。かくて現在私たちが手にするのは、メナンドロスの喜劇がその中で六つまで数えられるテレンティウスの四つの喜劇、それに若干のプロットの概略が加わります（そのうちの一つ、『宝庫』は一人の守銭奴を登場させていて、私たちは当然この男をモリエールの喜劇『守銭奴』の主人公アルパゴンと比べたくなってしまいます）。さらに、引用するのに適した警句的な特色を持つ小さな断片が大量に残されています。これだけでも彼の偉大さを感じさせる十分な量が残っているわけです。

他の喜劇作家たちを過小評価することなく言ってよかろうと思われることは、メナンドロスとモリエールは、とりわけ感情と理念の喜劇詩人として比類がないということです。両者にはそれぞれ、ほとんど痛みを覚えるほど磨き抜かれた喜劇性の概念がみられます。

たとえば『自分を責める人』に登場する哲人メネディモスや『人間嫌い』の中でそれが見られます。これまでのところ、メナンドロスとモリエールが喜劇に主要な典型を与えてきました。『兄弟』に登場するミキオとデメアは、彼らが若者たちを正しく扱う仕方について抱いている正反対の見解とともに、いまなお生きています。『亭主学校』のスナガレル、『女房学校』のアルノルフェも、完全に葬りさられているわけではありません。タルテュフは偽善者たちの父ですし、同じ劇のオルゴンはだまされるカモたちの父、『宦官』のトラソはおおぼら吹きの父、『人間嫌い』のアルセストは「男らしい男たち」の父、『自分を責める人』のダヴュスとシュルス[63]は、スカパンやフィガロ[64]といった連中の父です。「ばら色の国」で舞い上がる女性たち、知的なうぬぼれという揺らめく羽飾りをつけた言葉を使う女性たち、その彼女たちの出所をたどれば『女学者』のフィラマントとベリーズに突き当たります[65]。辛辣で機知に富む女性たちの使う言葉は、セリメーヌの言葉です。その理由は、これら二人の詩人が現実人生を理念によって描いているからです。彼らの生み出した類型の基盤は現実的で生きた世界にあるのですが、彼らはそれを精神的な力によって描き直しているのです。そしてそれこそが芸術の中の堅固な部分なのです。

喜劇を理念によって構想することは、喜劇的天才に勇気をもって挑戦する心の広がりと機会を与え、それが創りだすさまざまな困難を解決する助けとなります。たとえば、一目瞭然のとんでもなくだまされやすいお人好しだって、完全なばかにならずに現実にだまされるものだと、観客はどうしたら納得してくれるでしょうか。『タルチュフ』で高い喜劇の調子が鳴り響くのは、帰宅したオルゴンがその崇拝してやまぬ偶像タルチュフの食欲について耳にする時です（一幕四場）。「お気の毒な方だ！」と彼は叫びます。最愛の妻の具合がよくないと聞かされても、「で、タルチュフは?」と、彼のことを聞きたくてたまらないといった風に彼は尋ねます。その心はもうタルチュフへの思いでいっぱいになっていて、やさしい気づかいで気も狂わんばかり、そしてまた「お気の毒な方だ！」と低い声でそっとつぶやくのです。それはまさしく、いとしいわが子が幼い動物のような食欲でこれも食べたあれも食べたと、乳母がその快挙を一つずつ報告するのを聞いた母親が、思いやりのこもった喜びの叫びをあげるさまと同じです。喜劇性のこの見事な神業のあとでは観客は、オルゴンのばら色の先入観に信頼を置くばかりでなく、喜劇的共感から彼とそれを共有しさえするのです。そしてただただ笑い続ける筋肉の震えとともに、オルゴンがタルチュフの崇高なる人間性だとして挙げる例に耳を傾けるのです。

あの方はなんでもないことにも心をお痛めになる。
先日も、お祈りの最中に蚤をとって、
腹立ちまぎれに殺してしまったといって、
われとわが身を責めていられるほどなんだ。
（一幕五場）

それで、怒り高じて殺してしまったとは！　モリエールを翻訳することは、澄んだ音色を奏でる見事な腕前のヴァイオリニストが、その腕をひけらかすことなく演奏するのを聞いたことがあった、そんなメロディーを口ずさむのによく似ています。

オルゴンののぼせあがった目をようやく開かせてくれた真実の暴露を、どうしても信じようとしないのが彼の母親ペルネル夫人です。目がさめた彼はその母の中にもう一人のだまされやすいお人好しを見いだすのですが、それは二重に喜劇的な場面となります。このときもうすでに観客の心にかけられていた魔法によって、この場面はさらに生き生きしてくるからです。そこにこそ私たちは詩人の創造の力を感じとります。その突然の転回の発する強烈な光を浴びると、どんな写実的な作品においても不可能なほど人間の姿が生き生きと現われてくるのです。

イタリア喜劇がタルチュフ的人物の創造に多くのヒントを与えています。しかしそのヒントは、ボッカチオ[66]の中に主として見いだされるのですが、同様にマキャヴェリの『マンダラゲ』[67]の中にも見られます。この作品に登場する僧ティモテオはきわめて口先の達者な修道士にすぎませんが、お布施を得るために（もっとも穏やかな言葉で言うと）宗教的詭弁というものを使って、唯々諾々とある陰謀に手を貸そうとします。修道僧ティモテオは、いかにもイタリアの僧侶らしい見事な演技をする人物です。

ドナ　トルコ人が今年イタリアに侵入してくると、お思いですか。

僧ティモテオ　さよう、もしあなたがお祈りなさらぬなら。

僧侶特有の横柄さとぬらぬらした調子よさ、それにぺてんと詭弁を描くとすると、私たちはイタリア喜劇の長い画廊の中にその肖像を見いださないわけにいきません。ゴルドーニ[68]は、ベネチア共和国のベネチアらしい退廃ぶりをフランス的な鉛筆でスケッチしましたが、文体の点ではやはり彼はイタリアの物書きでした。

スペインの演劇界は、コルネーユに『嘘つき』[69]の着想を与えたようないくつかの喜劇によって、さらにいっそう豊かになっています。とはいえ、この嘘つきが嘘に嘘を重ねていくとき、彼はその嘘つきの気質を無理やりしぼりだしているのではないと、観客は無理にも信じ込まなければなりません。観客の心を信じ込ませるためのどんな工夫も、これに先立ってなされていないからです。そもそもスペインの喜劇は一般に、まるで骸骨のようなはっきりした輪郭に入れられて、操り人形のような素早い動きで進行していきます。スペインでは喜劇は、バレエ団の一座によって上演されてもいいほどです。それを読んだ時のことを思い返してみると、威勢よくすり足でダンスしている、という印象に落ち着いてしまいます。それは実は、喜劇の真の観念というものではありません。両性が分け隔てられているところでは、男性も女性も、ポルトガル人の言うように、お互いを「渇望しあって」いわば飢餓に襲われてしまうのです。そこですべての悲劇的要素が舞台にかかることになります。ドン・ファン[70]は観客の心を高く飛ばせてしまう喜劇的人物です。また一ダースもの女性の心を傷つけて失恋の悲嘆にくれさせるようなヒューモアは、その傷から流れる血で喜劇の女神をなだめることもありません。

ドイツ人が喜劇を試みるさまからは、ハイネがアッタ・トロル[71]の踊りの形で自分の国をイメージしたことがまざまざと思いおこされます。レッシングも喜劇[72]に手を染めましたが、ただ読者の興味に水をさして白けさせるだけの結果となりました。ただしその反対の効果を生み出そうとする意図は見え見えで、ちょうどピレネー山脈の年老いた哀れな熊が後足で立って、はじめ右足、次に左足でくるくる回るときの愛嬌たっぷりの太った老体のように、そこに面白可笑しさが存在しています。ジャン・パウル・リヒテル[73]はジーベンケースをその妻レネッテと対比することによって、ドイツ的喜劇性を体現する最高の喜劇に仕立てています。喜劇性の光はゲーテにも[74]あります。それはゲーテという素晴らしい人間像を完成させるのに十分なほどですが、それ以上ではありません。

ドイツ人が文学によって笑いを引き起こされるのは、ウンテルスベルグの穴の中で皇帝バルバロッサ[75]が時を定めて目をさますのと同様、そう頻繁ではありません。いやむしろそれは奇怪な笑いで、男と女が心を合わせて笑うような笑いであったことは一度もありません。その笑いは、彼らの言う土の中に住む小さな住人の奇妙な気まぐれのように、グロテスクだったり不気味だったり下卑たものだったりする、あかぬけない抽象的空想から生じる笑いです。ドイツ人は精神による笑いというところにまでまだ達しておりません。笑いを放つとそこにいつも、センティメンタリズムが彼らを待ち構えているのです。あちらこちらで民謡やメルヘンが、頑健な動物的笑いを好む彼らの国民性を見せてくれます。ドイツ文学はその上に築かれていることが分かります。そこまでは希望が持てます。しかしそれを楽しむ、言い換えると、始めは出てくる頭とその元の芽との間でぐずぐずしているように見えて、やがて口の両隅を二本のがっしりした指で引っ張ることで完璧な広がりとなって生まれ出るあのドイツ風「まるだし笑い」の哲学に共鳴するためには、「素晴らしいラインのワイン」の助けを借りなくてはなりませんし、その上に混じりけ無しのドイツの血筋でなければならないでしょう。この三重にドイツ的な、ひどく扱いにくい不格好な姿となった喜劇精神は、それだけで喜劇の観念を締め出しています。またドイツの家庭生活では乏しい発言の機会しか女性たちに認められていないのですが、このこと自体、その国において人生を深く考える喜劇的対話が欠如していることの説明となるでしょう。これについては、この講演の後半部でまた触れることにします。

東洋に目をむけると、『アラビアン・ナイト』が証明しているように笑いに強く敏感に反応する国民の間に、喜劇が完全に沈黙していることがわかります。女性の顔にヴェールがかけられている所では、交際社会はありえません。交際社会がなければ感覚は野蛮となり、喜劇精神もその渇きをいやすために汚らしいどぶ溝へと追いやられてしまいます。この点ではアラブ人はイタリア人よりひどい、いやドイツ人よりもはるかにひどいのです。それはちょうど、女性を扱う彼らの制度がひどいのと同程度にひどいのです。

フランスの優れたエッセイストで批評的文体の名手サン＝マルク・ジラルダン氏[76]は、東洋と西洋における女性という困難な存在の異なる扱いという話題をめぐって、かつてあるアラブ人紳士と交わした会話について語っています。そのアラブ人紳士は、西洋の女性たちが享受しているより大きな自由がもたらす多くの素晴らしい結果を誉め、彼女たちと会話を交わすその楽しさをたたえました。そこで彼は「ではなぜお国の男たちはその種の自由の幾分かでも女性たちに認める方策を取らないのか」と尋ねられました。彼はたちまち彼の個性をかなぐり捨てて、突然アラブ民族の感情に溶け込んでしまったのです。そして見事なうぬぼれの絶頂から、いかにも謙遜の風を装って答えたものでした。「あなたがたなら女性を心乱さず眺められるでしょう、でもこのわれわれときたら！」……さらにこのまったく喜劇的な感嘆のあとで、低く太い声で付け加えて言うには、「ああ、まさしく女の顔だけで、もう！」西洋の節度ある考えを代表するわれらがジラルダン氏は、そこでおとなしく同意したものです。アラブ民族教化の手段として、ヴェールという慎み深さを主張してやまないのは、実は激しやすさを誇るアラブの男のプライドであったのだと。

バグダッドには面白おかしいことがこれまでにもありました。けれど、喜劇があり得ないところに文明は存在しません。そして喜劇はある程度の両性の社会的平等から生じるのです。私がたった今例のアラブ紳士を引用したのは、いまだ眠りについている東洋の国々を諫めて動揺させるためではありません。それよりむしろ、教養ある女性たちに、喜劇の女神は彼女たちの最高の友であることに気付いてほしいからです。女性たちはセンティメンタリストの隊列を増やすことで、自分たちの利害が見えなくなっています。女性たちに最も明晰な眼識力で、国の外と内とを見させればいいのです。そうすれば彼女たちは分かるでしょう。女性が社会的自由を持たないところでは喜劇は不在であること。女性が家庭内であくせく働くだけのところでは、喜劇の形式は原始的であること。女性がなんとか独立してはいるけれどいまだ陶冶されていないところでは、扇情的なメロドラマ、それも女性についてセンティメンタルに脚色されたメロドラマが喜劇の代わりとなっていること。だがなお、喜劇性は踊り出ずにはいられません。精神が喜劇の女神に導かれていない男たちが交わす内輪の会話に耳を傾ければ、女性たちにはそのことがすぐ分かるでしょう。またそれはセンティメンタルな男でも、もし同じやり方で教訓を得ることができれば、彼の驚くだろうことに、彼にも同様に分かることとです。だが学識と自由において、言い換えれば、女性が独力で獲得したものと公平な文明が女性に認めてくれたものにおいて、女性が男性との対等な関係に向かって進んでいるところでは、そういう所でこそ純粋な喜劇が栄え、それが実人生から舞台へ、あるいは小説へ、あるいは詩へと移し替えられるのを待ち受けているのです。そして喜劇は気晴らしの中で最も甘美なもの、うれしい道連れの中で最も賢明なものとなり、同時に女性が甘美で賢明な存在となるようにも働いてくれるのです。

＊

さて、現代の私たちのまわりに目を向ければ、喜劇の観念を養うのをおろそかにすることで、私たちが強力な補助者の援助を失いかけていることが認められると思います。多くの気紛れ、それに多くの奇妙な病いと奇妙な医者のいる、有り余る富と余暇を所有している社会では、「愚行」は絶え間なく新手の姿の中にすべりこみ続けていることがわかるでしょう。「愚行」が帝国を自任すると、この世にたっぷりある常識がそれを押し戻そうとします。けれど常識が最初に生んだ子供、すなわちあの警戒やまぬ目をした喜劇精神、それは思慮深い笑いの本質であり、さらに「愚行」の火の粉が燃えだしたと見ればすぐさまその発端から消し止めようとする精神ですが、それが現在一般の人たちの擁護者として働いていないのです。

常識は何かしら頑迷固陋な愚考に圧迫されると、たちまちいらいらと怒りだす性格が見られることは、もうすでに認めていられることでしょう。それは喜劇の観念の不在、少なくともその休眠のしるしです。というのも「愚行」は喜劇精神の自然な獲物だからです。どんなに変身しようと、どんなに変装しようと、「愚行」はたちまち喜劇精神に知られてしまいます。まさにサギに襲いかかるタカのごとく、狐を追う猟犬のごとく弾むような喜びとともに、喜劇精神は「愚行」を追跡し続けます。苛立つことなく、倦むことなく、必ず獲物を捕らえるぞとばかり、相手に決して休みを与えません。

軽蔑とは喜劇的知性の抱くことの出来ない感情です。それは精神が働いていないか、ひとり高尚ぶっているか、居心地よく狭い世界に安住しているか、十分に人間味を出していないか、そのための口実以外の何ものでもありません。「愚行」など見向きもしないと、本気で言って憚らないとすると、そのとき私たちは脳を閉ざしていることになるのです。「愚行」を目の前にするとそれを侮って相手にしない姿勢が生じますが、それは喜劇精神の目には愚かなことだと映ります。また愚かという点では、怒りの感情も侮りのそれと大同小異です。私たちが行なわなければならない戦いは、本質対本質の戦いです。私たちの内の最も堅固なるものが、「不合理」と「センティメンタリズム」から生まれた娘（実はこの二つが、体裁よく飾ったときの「愚行」の両親です）――その娘を射ち落とすべく発射されるとき、その結果に誰も疑いを抱いてはなりません。

この娘と戦う現代の方式はあまりに長い間防戦一方でした。しかもその方式は、攻撃の際には形ある戦闘機関が用いられるにせよ、あまりにもたどたどしく押し進められています。だから敵であるこの娘には、暫壕の背後に隠れる十分な時間的余裕が与えられてしまいます。すなわち、重武装した科学者、また新聞の社説や念のいったエッセイを書く著者が、まだその大砲に火薬を詰め込まない内に、敵は攻撃に耐える用意が出来てしまうのです。彼女は大衆の目には、数々の魅力をたたえている存在であることを忘れてはなりません。イギリスの大衆は彼女が果敢な戦いを仕掛けているのを見ると、半ば彼女に恋する気分になり、確実にみずから進んで彼女に声援を送ろうとします。彼女に好意的な寄付金が寄せられていますから、それによって彼女は自分の側の科学者、自分の側の新聞雑誌機関を雇い入れることもできます。最終的に追い払われ打ち倒されても、彼女はわが軍の隊列に生じた隙間を指さして嘲笑うことができます。自分は一軍隊を統率しているし、世間で真面目で安全な人間と思われている人たちを誘惑して、副官として働かせることも可能だと、豪語さえ出来るのです。彼女が手に持ったランプの明かりをひらめかした後となっては、私たちの間にいる有能な人物、知性ある人物も、もはや知的航海の指標となる北極星を失ってしまったのだと知り、私たちはかなり暗澹とした気分になります。迷妄という毒は「愚行」が蒸気の状態[77]から次第に実質ある形へと移りかけているときに生じるのですが、その解毒のためには喜劇または喜劇的要素こそ特効薬となるのです。

ああ、アリストファネス、ラブレー、ヴォルテール、セルヴァンテス、フィールディング、モリエール、彼らの息吹が欲しい！　これらの詩人たちこそ、彼らをよく知れば、呼ぶと必ず現われ出る精霊です。そしてただ彼らを呼び出すだけで、それがあなたの心に働きかけることに気づくでしょう、まるで新たな命をよみがえらせる一陣の風のように――海の彼方から吹きくる南西の風、あるいはアルプスにこだまする呼び声[78]のように。

イギリスにジョークの名手はいない、とはあえてだれも言うことはできないでしょう。ジョークの名手なら沢山います。新聞の社説や世間の感情に追従する人々を射ち落とそうとして、その武器を向ける組織は立派なものです。

しかし喜劇精神は知性に呼び掛けて笑いを得ようとする点で、ジョークとは違います。同時に、怠惰な頭がそれに反応するためには、公的生活であれ私的生活であれ、またとりわけ感情が沸きかえっているときには、何らかの訓練を必要とします。

喜劇性を感得する力は、駄じゃれを言ったりヒューモラスな言い回しを使用する習慣によりひどく鈍化されます。たとえば、極小を扱うのにジョンソン流の多音節語[79]を使う手とか。それは確かにそれなりの面白さはありますが、しかしなお要点の回りをあまりにグルグル回るだけでは、当然その要点を外してしまうでしょう。

数年前、フランスのパスクウィエ公爵という方が[80]、相当の高齢で亡くなられました。この人は、後年から亡くなる時にかけてパスクウィエ公爵尊者という名称を受けていました。このパスクウィエ公爵について、彼が根深いエゴイストだったという報告が残されました。ここからひとつの論議がわき起こり、激しくそれが続けられたのです。すなわち、苦難と行動への呼び掛けと無数の義務からなるこの世において、ただひたすら長生きのためにその体力を節約しておく人々は、果たして極度のエゴイストか、という論議でした。その論議が続けて言うには、一体、真に寛大な心臓が百歳になるまで打ち続けることなどありえようか、というのです。パスクゥィエ公爵には、彼を弁護する人たちがいないではありませんでした。彼らは公爵を森の樫の本になぞらえました。実に尊い比較です。

論議は両陣営において活発かつ真剣に行なわれ、ここかしこで多音節のふざけ言葉が元気よく飛びはねてそれに弾みをつけました。これは、先生がこっちを見ていないと承知して、時折り先生の真似をして楽しむ授業サボリの生徒たちが、悪ふざけを真剣に追い求めるさまを思い起こさせます。これを見逃しては、喜劇の観念が眠りこんでいると思われても仕方ありません！　議論は結局次のように帰着しました。すなわち、パスクゥィエ公爵はかくも長い間生命にしがみつくという点で、人類の面汚しだという結論、あるいはまた、彼は死という敵にかくも頑強に抵抗したことにより、人類の名誉となったのだという結論のいずれかです。迷路に迷った人が出口から再び出られて喜ぶように、議論は堂々めぐりの挙げ句の果てにまた振り出しに戻ったのでした。

さて、これを主題とする、とりわけその論議を扱う喜劇を創ろうとしている、一人の巨匠を想像してごらんなさい。『百歳老人』という題名のアリストファネス風喜劇を想像してごらんなさい。英雄的な夭折を讃えるコロスと、頑健な生命力を讃えるコロス、それにそのコロスを笑う詩人がまず登場します。次いで、人間は同類の尊敬を失わないためにはいつ死ぬべきか、その厳密な年令に関して一分一秒に至るまで対話形式で議論するという壮大な問題がきて、さらにその後に続くのが、コロスの一方が一本の強いより糸（ヤーン）で編んだ縄で、他方が一連の飽いたあくび（ヨーン）で、この老練な年寄の耐え続ける生命の強さと彼を耐え続ける私たちの能力と、どっちが強いか両側で恐ろしく引き合いながら、[81]互いに平行して並びあって正確に測定しようとする規則正しい努力です。

このように議論を喜劇的に眺めおろしたとたんに、その議論と論争者とがまるで電光石火のように照らしだされるではありませんか。ただ喜劇的な目だけが適切に扱うことのできる問題、ならびに人物、というものがあるのです。

アリストファネスなら恐らく、その樫の老木に勝利の栄冠を授けてから、長らく待ち侘び続けているその百歳老人の遺産相続人たちのやつれた一統に向かい「きみたちだって、自分が強い親木から生まれたという、その恵まれた好運に生きて気がつくこともある」と慰めの言葉を述べたことでしょう。彼の嘲笑の矢は主として、論争者にまとが向けられたでしょう。なぜなら論議の唯一の根拠は、老人の人格の品性いかんにかかっているからです。こんなひどいものはもうごめんだと、私たちがすぐさま食傷することがあると証明するのに、何も詭弁家の手を借りる必要はないからです。百歳の老人だからといって、必ずしもそこに喜劇の観念が引き起こされるわけではありません。単なる公爵の亡骸についても同様です。自然の理法からいってもそういうことはないのです。ただし私たちが、何らかの状況に自分たちの個人的利害関係とかあるいは自分たちの曇った思惑とかを混ぜあわせてしまった場合、その状況に喜劇精神の透徹した注意力を引き寄せると、そこに初めて喜劇の観念が引き起こされるのです。喜劇性に気付かない愚鈍な人間が、それを呼び起こす特権の持ち主です。人間生活のさまざまな事柄に愚かな手出しをすること、これこそ笑いの電池との電気交流を確立する最も確実な方法です。そしてそこには喜劇の観念が広がっています。

しかしもし喜劇の観念が私たちの間に強まり、その観念に矢じりのあごと羽をつけてくれるアリストファネス的人物がいたとすれば、私たちはそこにアテネの空気を呼吸することになるでしょう。そうなると、現在、公園の噴水よろしく、私たちに次々と言葉の水を浴びせかけている散文作家たちは通りでさえぎられて、口に手紙を突っ込まれた郵便ポストのようにおし黙り、目を白黒したままにされるでしょう。そうなれば私たちは、私たちの恐ろしい使い魔（ある人はこれを退屈と呼びますが）である夢魔を放り投げることになりましょう（現在屈辱的なことに、私たちはそいつを毛嫌いするだけの感覚をようやく持ち合わせているだけで、そいつの企てをくじくほどの機敏さはとてもないのです）。そうなれば事実を見極める、明るく積極的な、澄み切ったギリシャ的眼識がそこに生じるでしょう。「不合理」と「センティメンタリズム」の霧は、それらが娘を生む前に吹き払われるでしょう。このとき悲観論者と楽観論者はどこにいるでしょうか。いずれにせよ、彼らに耳を傾ける聴衆の数は減っているでしょう。とはいえ人のよい昔ながらの愚鈍から、元来からして情容赦のない切っ先鋭い理知へと移行する専制君主の交代は、もしかすると私たちの堪え難いものになることもありえるでしょう。鈍感な人々は、あることがらが自分たちには難しすぎる、ちょっと自分たちの理解を超えている、と同意することでその間に兄弟のようなきづなが存在しているものですが、そこに生じる亀裂を軽く考えすぎてはいけません。というのも、そのきづなは一見細くて弱そうに見えても、セメントが緊密にまとまったコンクリートを形成するのと同じ働きをするからです。そしてこのコンクリートは政治家の見るところでは、きわめて望ましいものだからです。

アリストファネスのような作家が政治的になり、喜劇詩人に与えられたバッコス風無礼講の特権を利用すると、それはギリシャの政治家には堪え難いものとなりました。私は今さら彼の復活を求めているわけではありません。ただ、彼のような精神の鋭い光が私たちのもとにあって、時折世間の事柄、世間の主題の上に襲いかかり、それらをもっと威勢よくきりきり舞いさせ続けてくれることを求めているのです。

政治家のような熱を込めてアリストファネスが嫌ったものは、簡潔な思考法を堕落させた詭弁家[82]、純粋な文体を破壊した詩人[83]、群衆を言いくるめたと彼が考えた「のこぎりの刃をした怪物」、すなわち扇動政治家[84]でした。彼は笑いの力によって、これらのものに対抗して自己の立場を守り通しましたが、やがてついに罰金と、喜劇詩人がコロスで使う特権の削除と、最後に、もはやコロスの費用を賄えなくなったアテネの壊滅によって、彼は専ら対話だけを使う羽目となり、かつ法の監視の下に置かれたのでした。この破局の後、それまでマラトンとサラミスの戦場の兵士たち[85]をじっと見返し続けてきたアリストファネスは、自分はすでにこれを予見していたと感じていたに違いありません。そして彼が平和を嘆願し、軍事的気取りと口やかましい老人デモス[86]を嘲笑したのは賢明であったと、認めることができます。彼には常識という喜劇詩人の才能がありました。これは必ずしも政治的知性を含むものではありません。しかし彼に政治的傾向があるゆえに、彼は騒々しい笑劇を好む「旧喜劇」[87]のレヴェルを上回ることができたのです。彼は『雲』の中でソクラテスをののしりましたが、ソクラテスの弟子クセノフォンは、その鍛えられた修辞によって「一万の兵士」[88]を救ったのでした。もし自分の警告に従っていたら、キュロスの指揮による傭兵のギリシャ遠征というような事態は生じなかったろう、とアリストファネスなら言うところでしょう。ところがアテネは地滑り状態にあって絶えず崩れ続けていました。それを食い止めることは誰にも出来ませんでした。ただじっと振り返って、昔はよかったと言うことはごく自然な保守主義ですが、不毛でもありました。アロエの花[89]はもう既に咲き切っていたのです。彼の実践した政治と批評が正しいか間違っているかはさておき、彼が演奏した楽器と、獲得しなければならなかった観客のことを念頭に置くとき、アリストファネスの喜劇作品には理念があることがわかります。すなわち「善良なる市民」という理念[90]です。

二度と再びアリストファネスのような人物は現われそうにありません。彼はシェイクスピアと同じく、そばに近寄れない人物として位置しています。スウィフトは、愛情こもったクックックッ笑いとともに、彼について語っています。

「だが、喜劇的なアリストファネスについて言えば、こいつは機知がありすぎで、口汚なすぎるやつだ」[91]

たしかにアリストファネスは、クラティノス、プリュニコス、アメイプシアス、エウポリス[92]、その他のライヴァルたちと違って、風刺的方面では「口汚な」かったのです。これらの連中は、彼の言を信じるなら、喜劇の日に見られた度外れのドニーブルックの市[93]のような大騒ぎにおいて、互いにまた他の全ての連中を（彼もやったように）思い切って殴り付けたのですが、小さな獲物しか狙わず、しかも特別な女性だけを引きずり出したのです（彼はそうしませんでしたが）。これに対してアリストファネスは、ある偉大な点を全員備えた多くの人間の総体です。すなわち、もしラブレーを『ヒューディブラス』[94]の上にかぶせて、シェレーのような歌声とともに空高く舞い上げ、ハインリッヒ・ハイネの特性を与え、『反ジャコバン』誌[95]のマントをかぶせ、さらにそこに（アイルランド風もそこに幾分あるように）活動前のグラタン[96]の小量を加えるなら、アリストファネスの力量がどんなものか思い描くことができるかもしれません。

しかし小物を組み入れることでひとりの大物を思い描こうとするような試みはむなしいもので、弁解を叫んで求めることになります。たとえば、羽飾りのついた兜をつけたラマコス[97]のような人物の下で年中戦争に突入している国があるとします。ロンドンの入り口のすぐそばまで、敵は定期的に砲火をその国に浴びせているとします。そしてそのような国の指導者としてジョン・ウィルクス[98]を想像してごらんなさい。そして彼を嘲笑することによって攻撃する大天才喜劇作家兼役者サミュエル・フット[99]のような人を想像してごらんなさい。そうすれば、アリストファネスが携わった争いがどういうものか、見当がつくと思います。自らそう名乗る、この「笑う禿げ頭」はパンフレットによって論争する、タイタンのごとき大評論家で、笑いを政治的武器として用いていました。それはまったく屈託のない笑い、いわばヘラクレスの笑いでした。彼は戦闘能力を高めるために闘鶏にニンニクを与えると言うのですが、そのニンニクみたいに彼には身体中いっぱい機知が詰め込まれていました。しかも彼は空気の精のように霊妙優雅な抒情詩人で、陽気な国民的詩人特有の素朴な歌声をも聞かせてくれました。また彼は、喜劇の仮面は時として一枚の布の幅しかないから、そこから私たちに共通する似顔である真剣な表情が見えてしまう、といったような感情を持つ詩人でした。アリストファネスはもう二度と生き返らないでしょう。しかしもし彼の方法が研究されたなら、彼の内で燃えさかる炎の幾分かが私たちにも伝わってきて、生き返るのは私たちの方となるかもしれません。

一般的に見てみると、イギリスの大衆がもっとも共感するのは、この種の原始的なアリストファネス風喜劇です。そこでは喜劇性はグロテスクなものに覆われ、機知の先端にはアイロニーが付いていて、風刺は抜き身の刃となっています。イギリス人の中には喜劇性の根本が見られます。すなわち常識を尊敬する心です。彼らはその反対である非常識を心底嫌います。彼らの笑いは豊かです。ただしそれはゴール人が下劣な機知を投げ掛けるときの下劣な笑いではありませんし、洗練されたフランス人の、精神が消化する笑いというわけでもありません。だがもし彼らがいま、小びとの大軍引きつれた君主よろしく、辞書を蹴散らす道化たち[100]をあまりに多く抱えすぎていて、そのため（自分にも独自の考えが浮かぶこともあるのだと驚いて考え込む君主のように）自分が愚鈍であることを時に応じて省察できなくなっているのだとすると、彼らはやはり愚鈍に見えるでしょう。しかもイギリス人はいつも鏡を覗き込んでばかりいます。そこに自分たちを悩ますものを見ないではおきません。彼らを苦しめる人物が風刺の刃から守られているとき、彼らのうちの上流の人士でさえ、防御しようと思うこともなく、どれほど多くを我慢してしまうものか、前の時代のある回想録[101]の中に書いてあります。それによると、ある大きな宿屋に俗悪なほどワンマンな女主人がいて、彼女はやってきた客をシャッフルし、それぞれのカードに印刷された各札の強さを正確に推し量って、まるで一組のトランプ・カードのように客をあしらったとか。なのにいまなおこの宿屋はイングランドでもっとも人気ある宿屋となり続けていると言います。例の女主人も、実際は喜劇的人物の典型であるのに、活字にも舞台にもそういうものとして現われたことはなかったと言います。

　イギリス人は交際社会に生きるという意味をいまだに精神的に理解していないのだ、と言われてきました。ただし野原において、また探検家・植民者・辺境開拓者としてなら、彼らほど元気のよい、頭のめぐりの素早い国民がいるでしょうか。彼らは荒々しい運動と、同時にまた、完全な休息には喜びを覚えます。しかしその中間状態にあって、仕事とか趣味ではない、何か別の話題について互いに話し掛けるよう求められたとたんに、彼らはまるで眼窩が欠けているかのような、ポカンとした奇妙な表情を見せるのです。喜劇性はイギリス人の社交生活の中で引っきりなしに発生しています。彼らがそれに気づかないと、喜劇性は彼らに圧力を加えます。

たとえばこうです。あるディナー・パーティの席上、たまたまある葬儀会社の社員に就職していた客の一人が、他の客に慇懃に懇願しながら、どうか株主としてお名前をご記入下さいと言ったとします。彼らだって急死するということは大いにありそうなことで、その場合彼らに生じる利益を、彼は細々と説明し始めたのです。いわく、墓場の立地が健康によいこと、その遺体が速やかに腐敗するのに絶好の土壌の質であること、などなど。客たちはこのちぐはぐな男の手から悲しみの酒を飲まされて、彼の顔をくっきり浮かんだ光に当てて見ないまま、消化不良を抱え込んでしまいます。そう見ることが出来たら、この男の喜劇的な要素を味わったでしょうに。あるいはまたこうです。新たに当選したばかりの国会議員が自分の見事な立身出世を祝って、辻馬車の運賃に関する一冊の本を出版し、それを親戚の今は亡き愛する女性に献呈したとします。その本への論評は「あっ、そう」[102]というのです。しかし、ほんの比較として、昨日狩猟場で生じたよくある光景に目を向けましょう。そこで鮮やかに馬を乗りこなしている一人の青年が、鎖骨を折ってしまったすぐその後に、医者の禁止に逆らって、副え木で半分つけ合わせたまま一番遠くの社交場まで馬を早足で駆けさせていったものです。これで間違いなく医者を逃れたと信じ込んだ青年がそこで最初に鉢合わせしたのが、何と当の医者でした。「ぼくはあなたを避けるため、わざわざここまで来たのですがね」と患者が言うと、「私は君の手当てのため、わざわざここまで来たのですがね」と医者。二人は出発し、増水した川につき当たりました。患者のほうは見事川を馬で飛び越えましたが、医者はつまづいてドボーン。猟場はどこもかしこも、この事件の一部始終とそれに関するあらゆる見解を心から楽しむ噂話でもちきりとなりました。馬で帰宅途中、もしこの事件について一言しなかった者がいたとすれば、それは頭の鈍い男と思われたでしょう。

イギリスの散文文学には、楽しい喜劇的作家がこれまでに何人も現われています。フィールディングとゴールドスミスのほかにも、ジェーン・オースティン嬢がいます。彼女の書いたエマとエルトン氏[103]は、そのプロットを二人のために書き替えたら、そのまま真っすぐ喜劇の中に入り込んでしまうほどです。ジョン・ゴールト[104]の今では誰も読まない小説にも何人か喜劇的人物が登場し、洞察力に優れた喜劇のタッチが見られます。イギリスの詩の文学において喜劇性は、イタリアやフランスの筆致を上回るほどデリケートで優美です。しかしながら一般的に、イギリスのエリート作家たちは風刺に優れていて、また同時に心気高いヒューモリストたちです。イギリス人の国民的気質は、言葉で激しく叩かれることを好みます。それを是認する道徳的目的がそれにつきまといます。あるいはばら色の、時に涙をさそうぬるめの温情を好みます。その温情は感じ易い心と境を接しているから男らしくない、というのではありません。またその温情は奇妙にも愚鈍な頭に引き付けられます。その頭をロバの耳と森の最高に美しい光の輪で飾ろうというのです。[105]しかし喜劇精神はこれとは異なる精神です。

自分に喜劇的な知覚能力がどれほど備わっているかを測るには、自分の愛する人たちの中にばかばかしさを見いだしても、その人たちをなおこれまでと同じように愛せるか否かによります。それ以上に、愛する人たちの目に映る自分の何やらばかばかしい姿を認めることができ、かつその人たちが私たちについて抱くイメージが差し出す矯正を、快く受け入れるか否かが決め手です。

愛しあう二人のどちらの側も、人々がよく言うように、相手のためなら喜んで死のうと言うかもしれません。けれど、ここぞと言うときに、相手の耳に快い言葉を進んで言う気持ちになることはなかなかできないものです。しかしもし理知が十分機敏になって、自分たちが喜劇的状況に陥っている（愛する二人が喧嘩をするとそういう状況に陥るに違いないのですが）と認めてごらんなさい。そうなれば二人は、手と手を結び唇と唇をいざ重ねんとして、月が、暦が、はたまたドリーヌのような女性[106]が、優しい愛情の上げ潮を呼び戻してくれるのをひたすら待ちわびることもなくなるでしょう。

ばかばかしさの存在を見抜いたとき、それにより優しい気持ちに冷水をさされるなら、そのときは知らずのうちに「風刺」の手にしっかり握られていることになります。

風刺の鞭でそのばかばかしい人間を打って、彼をのたうち回らせ金切り声をあげさせる代わりに、彼を半分抱擁するその影に隠れて相手をチクリと突き刺し、それによって相手は本当に何かが自分を痛めたのかどうか、苦痛のあまり疑いたくなってしまうというやり方を好むとすると、それは私たちが「アイロニー」に使われていることになります。

その男を四方八方から笑いのめし、突き倒し、ゴロゴロ転がし、ピシャリと一発お見舞いし、ポトリと涙をその上に落とし、ああ君はぼくに似ている、ぼくはまたぼくの隣人に似ていると認め、彼を出来るだけ避けるけれど同時に容赦せず、出来るだけ暴露するけれど同時に哀れむとします。すると今の私たちを動かしているのは、「ヒューモア」の精神ということになります。

元来ものを知覚する力である喜劇精神は、統率する精神でもあって、上に挙げたこれらの笑いを生む諸勢力を目覚めさせ、それらに目標を与えるのですが、だからと言ってこれらのものと混同することは出来ません。喜劇精神はもっと淡泊にされたこれらの形式を包含しています。それが風刺と違うのは、打ち震える細やかな感受性の中に鋭く突進していかない点ですし、ヒューモアと違うのは、その感受性をあやして暖かくくるんだり、またはそれらに向かってこの騒がしい世界の領域よりも広い範囲を指し示したりはしない点です。

フィールディングの描くジョナサン・ワイルド[107]は、以上の特別な違いを教える好例となります。この偉大な傑物が、裁判において敵対する訴訟関係者十二人からなる陪審員から有罪判決を受けたとき、その裁判の不当性をひとくさり述べるところがそうです。というのはそれは風刺的でも、ヒューモラスでもないからです。けれど悪党の罪人が自分の側の

「関係者」も裁判で発言権が認められるべきだと抗議するのを聞くことは、とても喜劇的です。その言葉で突然、悪党にも自己合理化の見通しが開けるからです。(原注)ジョナサンは自分のヒューモアを活動させているのだと仮定してみても、やはり喜劇性は失われません。(ことによると私はこの部分を夢に見たのかもしれません。あるいは、だれかにそう聞かされたのでしょうか。というのも『ジョナサン・ワイルド』をいくら調べても、この部分が見つからないからです。[108])

この例を、敵対する関係者による有罪宣告を確信している深遠な頭の持ち主にあてはめてごらんなさい。そうするとこれは喜劇的であることをやめ、風刺的となるでしょう。

(原注) ジョゼフが自己弁護するときのレディ・ブービーの叫び「お前の操？　そんなものたまったもんじゃない！　云々」(フィールディング『ジョゼフ・アンドルーズ』第一巻八章)がもう一つのその例です。また、ミス・マシューズがブースに説明する言葉「でも、女の友情ってこういうものなのです」にもその例が見られます。(同『アミーリア』第一巻八章)

フィールディングがリチャードソンにそそぐ眼差し[109]は本質的に喜劇的です。このセンティメンタルな作家を矯正する彼の方法には、喜劇性と風刺性が入り交じっています。『ジョゼフ・アンドルーズ』のアダムズ牧師は、ヒューモアが創造したものです。しかしアルセスト、タルチュフ、それにセリメーヌとフィラマントという人物の構想と描写は純粋に喜劇的で、私たちの知性に訴えてきます。彼らには何のヒューモアもありません。彼らは自分たちの演じる喜劇に観客（読者）が気づくようその知性を活性化することにより、知性を清新に生き返らせてくれます。それは彼らが見せる、自分自身とその周囲のもっと賢明な世界との間のコントラストの力が働くからです。そしてその賢明な世界とは、これがすなわち、実際社会、あるいは喜劇精神の源であるあの知性の寄り集う場所なのです。

バイロンにはヒューモアの素晴らしい力が備わっていました。さらに彼はわれわれイギリス人が例としてもっている、もっとも詩的な風刺、時に冷酷なアイロニーと融合する風刺を書きました。彼には強い喜劇感覚はありませんでした。さもなければ、反社会的態度など取らなかったでしょう。それは喜劇性と真っ向から対立する態度だからです。その哲学においては、哲学者たちの判断では、バイロンは喜劇性の欠如ゆえに喜劇的人物であるということになります。「反省し始めたとたんに、彼は子供になる」と、彼についてゲーテは言います。[110] カーライルもこのような喜劇的見方でバイロンを眺め、ヒューモラスなやり方で彼を扱っています。[111]

「風刺家」とは道徳の代理人で、しばしば、それまで貯めこんだかんしゃくを元手に働く、社会のゴミの清掃人です。

「アイロニスト」とは、その気紛れ次第でいろいろなものになれる人です。アイロニーとは風刺の中のヒューモアのことです。それはスウィフトにおけるように[112]、道徳的目的を伴うと獰猛になることがあり、また、ギボンにおけるように[113]、意地の悪い目的を伴うと静謐にもなります。人目に触れようとじりじりするめかしこんだアイロニー、及びその意図を私たちが見誤らないようにと横目づかいをするアイロニーは、曖昧の宝庫を自任する風刺的努力という点で、いずれも失敗したアイロニーです。

下級な「ヒューモリスト」とは、笑って精神を新鮮に甦らす人で、感情に音調を与え、時には自分の手に負えないほどにまでその感情を野放しにさせておく人です。けれど高級な「ヒューモリスト」は、喜劇詩人の活動領域を越えて、対立しあうコントラストを一挙に抱擁する力を持っています。

心と頭がドン・キホーテを見て大笑いしますが、なお彼について私たちは深くもの思いにふけってしまいます。この騎士ドン・キホーテと従者サンチョ・パンサという並列は喜劇的な構想のたまもので、両者の性格の対立はこの上なくヒューモラスです。二人の性格は、コロンブス時代の両半球と同じほど違っていますが、なお二人は触れ合って笑いにより一つに結ばれています。この騎士の偉大な目的と絶え間ない災難、ばかげた対象に向かって発揮される彼の騎士道的剛勇、この上なく気違いじみた遠征の大道で道々見せるその良識、彼をあざ笑ったとたんにそこからにじみ出てくる彼への共感、彼に襲いかかる狂気のようなグロテスクとバーレスクの中を闊歩しながらも、なお失っていないその見事な雄姿、これらすべてがもっとも気高いヒューモアの気分にあって、悲劇的感情を喜劇的語りと溶け合わせているのです。

偉大なヒューモリストの筆致は、その笑いの中に悲劇の光をこめて世界中に響きわたるのです[114]。

創造的ではないけれど偉大な、現存する一人のヒューモリスト[115]を例にとりあげて、私たちの説明をさらに先へ進めましょう。私たちの祭りの季節に、彼の両手はヨリックのしゃれこうべをつかんで[116]います。彼の目には、祭礼用の豪華な衣装を着込んで前後の見境無く飛び跳ねている未開人の姿が映っています。もし私たちがこのヒューモリストの鋭敏な神経にのしかかりたくなければ、荘厳な衣装を身にまとう時には、私たちの魂もメラメラと燃えさかっていなければなりません。彼にとっては、有限と無限が一方から他方へと互いにひらめいて、彼に両刃の思想をさずけます。その思想は、夜中の見回りに出かける火事の見張り番が窓のところで手提げランプをゆらゆらさせるように、発作的に彼の最も穏やかな文章の合間からさえちょっと顔を出すのです。彼の目にとって社会における人間たちの挙動と行動は、彼らの死すべき運命との鮮やかな比較により、立派というよりはむしろグロテスクに映ります。しかし「このヒューモリストは、公正ということでは常に信頼できるだろうか」と自問してみてください。彼はゼウスのもとに使者のワシが舞い戻るように、真の「英雄」[117]めがけて真っすぐ飛んでいくでしょう。また彼は、真の英雄とは見分けられない、彼が勝手に選んだ人物の上にも、同じくらい決然と急降下するでしょう。感情と知性が一つになったところから構築された、この彼の莫大な能力が、しばしば釣り合いと思慮に欠けることもあります。つまり、ヒューモリストが歴史や社会に手を染めると、[118]えてして移り気になりやすいのです。この時スターンの例[119]に見られるように、彼らはセンティメンタルになりがちです。というのも彼らは、歌手と同様、感情を第一に考えるからです。これに反して喜劇は一般的な知性を解釈するものですから、そのため必然的に抑制がかけられるのです。フランス人は「中庸と趣味」を著しく重んじる国民ですが、その彼らが純然たる正義と趣味の導きをうけたのは、どれほどモリエールのおかげによるものかを認めています。イギリス人もフランス人に多くを教えることができますが、彼らもまた私たちにこの点で教えをさずけてくれます。

喜劇詩人は、彼の描く社会の狭い分野[120]、あるいは四角に囲われた場所にいます。そしてそこに登場する人物に交際社会がどんな働きかけをするかについて、彼は人々の知性というさらに狭く囲われた場所に呼び掛けるのです。彼はことの発端にも結末にも環境にも関心を寄せず、ただ現在私たちが織りなし続けているものだけにそれを向けます。その仕事を理解し尊重するためには、私たちはまず落ち着いて人間そのものを好きにならねばなりません。そして私たちの文明化された特質を、落ち着いて値踏みしなければなりません。喜劇詩人の目指す目的と仕事が誤解され、その意味がとらえられず、その物の見方も取り入れられないのは、彼が人間の本性に恥辱を与えて、細やかな感情に対して反感を抱いているとか、意地悪になりがちで、笑いを不当に利用しているとか言って、非難される場合があるからです。喜劇にアイロニーを認める人は、実人生の中にもそれを見ているからです。「貧困がそれ自体もっとも冷酷なのは、人間をばかばかしいものにさせるからだ」と風刺家は言います。しかし喜劇的な認識の目に貧困がばかばかしく見えてくるのは、貧困が体面をつくろおうとわびしい努力をしたり、愚かにも虚飾と競いあったりして、おのれの素寒貧なさまをボロで覆い隠そうとした時に初めて、そのように見えるのです。サー・ウォルター・スコットの『ラマムアの花嫁』に登場する召使い頭、カレブ・ボルダーストーン[121]は、乞食状態に陥った貴族の家でなおその家柄の名誉を維持しようと奮闘努力しますが、それが見事に喜劇的な人物となります。それに反してチャールズ・ラムの『エリア随筆集・後編』に出る「貧しい親戚たち」[122]の場合、真に喜劇的なのは彼らが悩ます金持ちの方です。後者の喜劇に気づかずに、前者ばかり見て笑うのは、眼識力が鈍い証拠です。「ヒューモリスト」と「風刺家」はしばしば「アイロニスト」として、グロテスクなものを一緒になって狩りたて追いかけ回して、喜劇性を排除してしまうことがあります。たとえば、摂政の宮ジョージ四世の一生で痛ましい瞬間というのは、「ヨーロッパ第一の紳士」と言われた殿下が、そのコートの裁ち方について伊達男ブランメル[123]から皮肉な言葉を言われ、どっと泣きだしたときでした。このようにヒューモア、風刺、アイロニーはその共通の獲物として、このグロテスクな事件に一斉に襲いかかります。喜劇精神はそれに目をやっても、触れはしません。それを演じれば茶番になってしまうでしょう。それは喜劇になるにはあまりにも野卑です。

イギリス人の慣習的な生活にではなく、その不幸な国民性にあざけりを投げ掛ける類の事件は、ただあざ笑いを引き起こすだけで、これは喜劇の観念を歪めてしまいます。しかし知性の活動によって、そのあざ笑いの出足をくじくことができます。根拠の疑わしい主義主張が互いに争っているとき、そのほとんどは喜劇的に解釈される余地があります。だからある疑わしい主義主張を少しでも知的に弁護しようとすれば、その中に喜劇の観念の芽が含まれていることに気づきます。

風刺の笑いは、背中や顔面に食らわす一撃です。喜劇の笑いは個人の感情を交じえない落ち着いた笑い、他に類のないほど上品な笑いで、微笑に近い笑いです。それは知性を通した笑いです。なぜならそれに指示を与えるのは知性だからです。その笑いは知性のヒューモアと呼ぶことも出来るでしょう。

ある国の文明の質を決める一つの優れた試金石は、すでに述べてきたように、その国に喜劇の観念と喜劇が栄えているかどうかによると、わたしは考えています。そして真の喜劇の試金石は、それが思慮に満ちた笑いを呼び覚ますかどうかです。

もし私たちの文明が常識に基づいていると信じるとすると（それを信じることが精神の健全の第一条件ですが）、人々を観察する時、彼らの頭上に一つの精霊が飛びかっているのをはっきりと認めるでしょう。それはガラスの表面から空に向かって照り返された光ほど神々しくはありませんが、光り輝いていてじっとこちらを見つめ続けています。それは見つめている人々を越えて勢いよく先走ることも、その背後でぐずぐずすることもありません。それは彼らにあまりに密着していますから、初めのうちは彼らに奴隷のようにつきまとう反射の光だと思われるかもしれません。けれどやがてその表情が観察される時がきます。それは賢者の顔つきをしていて、手持ちぶさたではあるけれど半分張りつめた警戒心から左右に引っ張られた、その半分閉じた唇の両端に潜んでいるのが、牧畜の神ファウヌスの陽光のように快活な意地の悪さです。そのほっそりした、喜びに浮かれている、長い弓のような形をした微笑みはかつては、半人半獣の森の神サテュロスが笑った、両の眉が火薬で吹き飛んだ要塞のように高く放り上げられる大きくて響きわたる笑いでした。その笑いが再びよみがえるでしょう。しかしその笑いは、陽光のような知性の輝き、すなわちいたずらに騒々しくて大きいだけというのではなく、心の豊かさが現われている、優美にやわらげられた微笑みの部類に入る笑いです。それに共通しているのは、あくせくせずにのんびり観察するという面で、あたかも野原全体を見渡して、それが目指す選り抜きの食物の一口めがけて突進する時間が十分あるかのようで、あたふた必死になることなどまったくありません。地上における人間たちの未来がその注意を引くことはありません。現在の人間たちがどれほど誠実で心の均斉がとれているか、それがその注意を引くのです。そして人間たちが平衡感覚を失ったり、自分を大きく見せようとふくれあがったり、気取ってみせたり、虚勢を張ったり、大言壮語したり、偽善的になったり、学問があると見せびらかしたり、突拍子もなく神経過敏になったりするとき、また彼らが自己欺瞞的になるか目隠しされたかして、偶像崇拝のために暴れ回る癖がつき、いつしか虚栄に陥り、下らぬ企てで群れ集い、近視眼的な計画を立て、狂気のような策略を練るとき、また彼らが自分たちの専門の職業と不和になったり、思いやりによって人間を互いに結びつけている、成文化されてはいないけれどはっきりと認められる律法を犯したりするとき、また彼らが健全な理性、公平な正義を傷つけるとき、偽ってへりくだったり、個人または集団でうぬぼれのために身が危うくなるとき——そういうときはいつでも、例の頭上を飛びかう精霊が人間味を帯びた意地悪な顔つきとなって、人間たちの上に斜めの光を投げかけるのです。するとそのあとに続く銀色の笑い声が、次々と一斉に響きわたっていきます。これが喜劇精神というものです。

その精神を見分けないことは、精神的な存在が完全に目に映らないことです。また、そこに多くの人々の知性が結合して働けるようになって[124]いる人間の理知の存在を否定することになります。

すでに言ったように、私たちは私たちの社会の状態が常識に基づいていると、まず信じなければなりません。さもなければ、喜劇精神が認めるコントラストに感銘することはないでしょう。あるいは慰めを求めて喜劇精神に頼ることもなくなるでしょう。それどころか、私たちのだれもが、その奇妙な斜めにさしこむ光線を浴びて立つ羽目になり、かくて正体おぼろなものが追い回す対象そのものとして、またそれに捕らえられる運命にある獲物として、自分自身の姿が一般の人々の目に照らし出されることになるでしょう。しかしその存在を感じそれに目を向けることは、今味わっているこの経験に当たって、多くの健全で堅実な知性が自分についている、と確信することになります。ただそれだけでひとりでに、強烈な風刺の与える苦痛から免れ、人に激しい打撃を与えたいという痛烈な切望から免れることになります。このとき、崇高な憤怒というものを共有しますが、それは愚かな人たちを傷つけたことにはならずに、単に彼らの愚かしさを証明することになるだけです。たとえばモリエールは『女房学校』を批判した批評家連中に復讐するのに、『女房学校の批評』[125]を書くことで報いましたが、この劇は批評の研究においてもっとも賢明にして同時に遊び心がもっとも横溢している劇の一つとなっています。喜劇精神を知覚するとそこに高い連帯感が生じます。そのときあなたはより高度な世界の市民となるのです。その世界は私たちの旧世界と関連してみれば、私たちの知るうちで最も高い世界です。というのも旧世界はこの世を超越してはいないからです。ここにおいてこそ、どこからも異論の出ない上流階級を求めるといいのです。このときあなたは、自分がこの私たちの文明化されたコミュニティーの一員となったことを感じるでしょう。またそこから逃れることも出来ず、そう出来てもその気がなくなるだろうと感じるでしょう。十分な希望があなたを支えます。倦怠感があなたを襲うこともありません。一人のときには、虚栄心などに何の魅力も感じなくなるでしょう。個人的な高慢も大いに和らげられるでしょう。またその世界の市民という資格が、想像力または献身の世界からあなたを締め出すこともないでしょう。喜劇精神は、歌にあふれたこの上なく甘美な詩的精神に敵意など抱いていないからです。チョーサーにはこの精神がふつふつと沸き上がっています。シェイクスピアの場合は溢れでています。ミルトンの『コーマス』[126]では、穏やかな月の光（それは血と肉からなる私たちの地球から遠く離れているためあまりに精妙になりすぎて青ざめています）のようなその精神が見られます。ポープにもそれがあります。それはクーパー[127]を半ば覆い隠す夜の闇の向こう側で、陽のさしている面です。その精神はただ聖職者的な要素にだけは敵意を抱きます。それは聖職につくものが、有害なほどふくれ上がって、その務めの範囲を越えその務めの上に屋上屋を重ねるからです。さらには、極端な場合、その精神はあまりに自己に忠実すぎてものが言えなくなり、そのランプの光をヴェールで覆うこともあります。たとえば、モリエールの亡骸を前にして、死者に鞭打つボシュエの姿[128]がそれです。それを見て黒い天使たちは笑うかもしれませんが、人間は笑いません。

イギリスにはまた、喜劇的な説教壇[129]というものがあります。これは笑いをかきたてるものと神を崇拝するものとが連帯できるしるしです。果たしてそれがどれほど喜劇的なのか、または喜劇的に見えるのに、どれほどその意外性とその目立つ外観によって助けられているのか、私にはわかりません。しかし少なくともそれらは人気を博していて、聴衆の耳をとらえていると言われています。笑いも濫用される可能性があることは、他のよいものと同じです。嘲笑いや残酷な笑いの類は、私たちの知らないものではありません。しかし喜劇精神に指示された笑いは無害なワインであって、それが活気づける程度に応じてしらふの状態に人をさそいます。その笑いは、ちょうどさわやかな風が書斎に吹き込むように、あなたの中に入り込んできます。たとえば、喜劇的観念が突然差し出すコントラストの一つが、安らぎを与える陽光のように脳内いっぱいに満ちわたるときがそういうときです。その笑いが真の笑いかどうか知るのは、それを飲み込み、風味を味わい、自分も花々の命の支えである自然の空気を食物としている、と感じるからです。あなたの発するもの、すなわち喜びの大きな笑い声が、その笑いの良質な部分というわけではありません。それは楽しい仲間づきあいと肺の健康に任せてしまえばいいのです。アリストファネスは『蜂』の中で、観客に次のように約束しました。もし観客が、乾した果物を箱の中にしまっておくように、注意深く喜劇詩人の思想を保持し続けるなら、かれらの衣服には一年中知恵の薫りが馥郁と漂うであろうと。彼の指示に従ってそのような思想を自ら貯えてきた一流の友人に恵まれている人々なら、このアリストファネスの自慢を空手形とは決して考えないでしょう。きらめく笑いというこの宝物は、私たちの砂漠のなかの泉です。喜劇的笑いに敏感であることは文明化の一歩です。その笑いの対象にならぬよう気を配ることは、自己啓発の一歩です。人々が笑いを向ける対象、またその笑いの響きの質によって、私たちは彼らの中の洗練の度合いを知ることが出来ます。しかし同様に知ることが出来るのは、彼らの笑う力の大きな広がりによって、さらに大きな人間性がそこに見分けられるということです。モリエールを心から愛している人であれば、その愛の洗練により、アリストファネスを軽蔑したり彼の真価に気づかなかったりすることはありません（ただし、アリストファネスを愛する人はモリエールの高さにまで登ってこなかっただろうことはありえます）。この二人をともに抱擁すれば、胸のなかに笑いの全領域を包含することになります。たとえば嵐のような面白さにかけては、アリストファネスの喜劇『蛙』[130]の次の場面をしのぐものはこの世にありません。それは酒神ディオニュソスとその召使いクサンティアースが実務的な地獄の門番アイアコスの手で鞭打たれる場面です。この門番、人間だけが感じる鞭打ちの苦痛の通じない方が神様だと決めつけて、二人のうちどっちが本当の神様か知ろうという魂胆です。二人はおのおの苦痛の叫びをあげてはならぬとばかり懸命に装って、自分の恐ろしいうなり声は（打たれている最中のディオニュソスの「ふうふう」という苦痛の声はそれよりもっと高いのですが）ただくしゃみを止めるためだとか、「向こうに騎士が見えた」ためだとか、何か別の神への祈願の前置きだとかいうふりをしますのです。するとこの門番、神の方が多くの鞭の分け前を貰うように、わざわざ取り計らったりするのです。ラブレーの数節、『ドン・キホーテ』の一、二節、それにスモレット『ペレグリン・ピックル』[131]の「昔の人々にならう夕食」の章なども、同じような笑いの大洪水からなっています。しかしその笑いは啓発する笑いではありません。それは知性の発する笑いではないからです。モリエールの笑いは、そのもっとも純粋な喜劇においては天上の笑いです。それは私たちの人間性にとって光、思想にとっては色合いともなる笑いです。『人間嫌い』と『タルチュフ』からは耳に響くなんの笑いも聞かれません。しかし登場人物たちはいずれも喜劇精神に浸されています。彼らは知性から生じる笑いを通して、知性を生き生きと活性化してくれます。知性が彼らを受け入れるのは、彼らが私たちすべての人間の目の前に開いたまま置かれている一冊の「本」[132]の何章かを、はっきりと解釈してくれるからです。アリストファネスとモリエールの間に立っているのが、シェイクスピアとセルヴァンテスです。心情と理知が一つになったところから生じる、さらに豊かな笑いをこの二人は響かせています。またアリストファネス風の強健ぶりがたっぷりと、モリエールの繊細さが幾分か、この二人には伴っています。

喜劇的観念の浸透していない社会で聞かれる笑いは、その社会に差異を見分ける感覚をもって踏み込むと、まるで韻文にされた散文のように耳障りな、魂のこもらない響きに聞こえるでしょう。まるであなたが、太陽からさらに離れた惑星に、住む場所を変えたような気がしてくるでしょう。それでもやはり、このとき強力な頭脳の人たちの間にあなたがいることもあるかもしれません。しかしその場所に詩人は見つからないでしょう。いや、過大に崇拝された、はぐれ詩人なら一人くらいいるかもしれませんが。そこに学者がいることは確実です。すなわち、教授連、著名な哲学者たち、それに有名な文芸愛好家たちです。この人たちは恐らく、自分の中に光明形成のあらゆる要素を持っているのでしょうが、喜劇精神だけは持ち合わせていません。彼らは詩を読み、芸術を論じます。だが彼らの卓越した能力は、これまで私たちが認めてきた、霊的でかつ現前している、あの油断のない目で全体を集合的に監視する感覚、すなわち喜劇精神の指導の下に置かれていません。彼らは傲慢不遜の神殿を築いています。まるで神のお告げのような声で多くを語りかけるのです。彼らがはしゃぎまわるとき、もし下劣に陥らないとすると、それは通例けんか腰の形をとります。

外に向かう目の視力が十分でないため、内を見るべき目が彼らから奪われてしまったのだと言えましょう。彼らはこの世の権利と義務とはどういうものか感づくように、喜劇の観念という繊細なはかりで自らを計ったことがこれまで一度もなかった。その結果彼らの人柄は苛立ちやすいのです。たとえば、一人のきわめて学識のあるイギリス人教授が、ある政治討論会で議論をつぶしてしまったことがあります。それは彼が討論相手に次のように怒って尋ねたからです。「ところできみ、このぼくが言語学者だとわかっておるかね」

上流社会の習慣が彼らの訓練に役立つでしょう。両側に美女をはべらせてソファに座っている教授は、知らぬ間にこの美女の生徒となり、作法を学ぶ研究者となるかもしれません。少なくともこの彼の姿は喜劇の女神にとっては見苦しくない楽しい光景です。しかし上流と呼ばれる社会はその崇拝する対象については気紛れで、明日になれば、赤銅色の兵士とか黒色のアフリカ人とか公爵とか心霊術師とかを可愛がっているでしょう。そんな社会の絶え間なく変わっていく土に、思想が根を張るよしもありません。その社会はさらに自己防衛上、急速に回り続ける世界の出来事だけを、ただひたすらしゃべりまくることに余念がありません。それはちょうど、回転木馬に乗った子供たちが目が回って自分が誰だか分からなくなるのを避けるために、ただ前方の木馬かゴンドラにだけ注意をそそぐのと同じです。例の教授はそれゆえ、彼をちやほやして破滅させたり、時に見捨てて困らせたり、常に彼を混乱させる社会からその外へ出るのがいいのです。教養ある人士の頭がなお気取り屋のトリ頭になるどんな危険が存在しているか、また高く飛翔する頭脳（中身がからであれ一杯であれ）にどんな衝突が生じることがあるか、穏やかに教えてくれる学校があるとすると、それはその頭に中身を供給しようと絶えず動き回る社会よりもはるかに推奨できるでしょう。

頭上に喜劇精神の姿がよく見えない国々では、将来喜劇の中身となる未加工の作物が生い茂っています。平坦な街道と栗のいがや刺で覆われていない人間に慣れた旅人は、非常に多くの美しいいとしいもののただ中で、そのような珍しい野蛮な場所に出くわして、びっくり仰天してしまいます。あるイギリス人が、教養の国ドイツに住むある教授を賞賛しようと表敬訪問をしたことがありました。この教授が彼を別の著名な教授に紹介すると、彼はこの教授が心から好きになり、ある午後二人だけで散歩に出かけるほどにまでなりました。すると最初の教授、彼はこの訪問を促すほどの学問的な尊敬心に完全に値する碩学でしたが、この教授ときたら（短剣は除外するとしても）まるで傷ついたスペイン美人みたいな恨みがましい嫉妬心でふるまったものでした。暗いしかめつらと意味不明の小爆発という短い前置きに続いて、彼はその裏切りの賞賛者に向かって、浮気なスペイン紳士たちなら聞きなれている嫉妬にたけり狂った理屈を稲妻のように放ったのでした。「私はきみの賞賛にふさわしい対象であるか、または対象でないか、いずれかだ。二つのうちの一つだと、きみが判断する能力があるとすれば、その場合私はきみに強く非難されることになる。あるいはまた、きみにその能力がなく、それゆえ傲慢無礼であるなら、自分の国にさっさと帰るがよい、この偽善者めが！」教授に憧れていたこのイギリス人は、二人の教授を同時に賞賛出来る力も人間には与えられているということを、この傷ついた学者に説得することに綿々と取りかかったのでした。

ひょっとするとこれはどこの国でも起こりえた出来事です。ちりにまみれた学者の胸の底にどん欲な人間の性が隠れていたことを発見する「衒学者」の喜劇によって、その性を胸に深く思い知るのは、特に一つの国に限ったことではないでしょう。それがドイツで起きたことを念頭におきながら、私はまた次のように述べます。すなわち、ドイツ人は、彼らを頭上高くから見下ろす狡猾で賢明な放射物の存在を彼らに警告してくれる、いかなる喜劇的訓練も受けたことがないのです。あるいはまた風刺的訓練も大して受けたことがありません。ハインリッヒ・ハイネでさえドイツ人の胸をずきずき痛ませ冥想させるには、十分ではありませんでした。国民的にも、個人の場合と同様、興奮するとドイツ人はグロテスクに陥る危険があります。たとえば、ひとりのドイツの血を持つ人が外国で有罪を宣告されるとただそれだけで彼らは、証拠に耳を傾けることを拒否して一斉に国民的な抗議の声をあげたりするのがその例です。彼らは鋭敏な批評家ですが、それでもなお論争となるといまだに棍棒をふるうのです。この点でドイツ人を、ラ・ブリュイエール、ラ・フォンテーヌ[133]、モリエールによって教育された国民とくらべてごらんなさい。ちやほやされた教授の個人的虚栄心という喜劇的警告として、目の前にトリッソタンとかヴァディウス[134]といった人物を持つ国民とくらべてごらんなさい。これは人種の違いなどというものを超えています。それは伝統、気質、様式の違いです。そしてこの三つはいずれも教育から生まれるものです。

フランスの論争家は洗練された剣術つかいです。彼はそのふるまいが魅力的で慇懃であることで恐れられています。ドイツ人の論争家は正しい主張または正しくない主張、その主張が大きかろうと小さかろうと、とにかくその弁護にあたっては、剛勇オルソン[135]、暴れまくる群衆、もしくは行進する軍隊となります。彼の飛ばす皮肉は恐るべきトン数の砲弾となります。彼の吐く嫌味はまるで竜の口から出るすさまじい毒気のようです。彼は巨人タイタンにならずにはおかず、また進んでそれになろうとします。敵を足下に踏みつぶし、そいつがまだ死んでおらずいまだに自分を刺していることにびっくりします。というのは実際、このタイタンが戦っている相手は、神話と比較してわかるように、神だからです[136]。

　ドイツ人たちがその武器の上に寝そべって、アルザス地方[137]の国境越しに、フランス人の群衆がテアトル・フランセで喜劇『親友フリッツ』[138]を喝采しようと押し掛けてくるのを眺め、その喝采の意味（それが不気味なほど喜劇的なのは、それが劇の家庭的教訓を政治的に受け止めているからですが）について考えこむとき――ドイツ人たちがじっと見つめこんで黙りこくるとき、そこに彼らの性格の力が現われています。彼らは音楽においては王様ですし、詩においては公爵といってよいでしょう。哲学では優れた思索家、学問では私たちの指導者です。これほどの天分に恵まれた民族、さらには、泉ができるほど笑いの涙を集める厳しい良識を所有している民族が、かくも不利な姿をさらしていること、これこそ喜劇精神による鍛練が彼らの成長に必要である証拠だとわたしは考えます。そしてそれは私たちにも有益な証拠です。私たちはドイツ人が到達できる最高峰を、現代の男らしさをそなえた、かの偉大なる人物ゲーテの中に見いだします。彼らは成長過程にある国民です。彼らはまた同じく談話好きな国民です。その男たちがフランスで、また時にはベルリンのお茶のテーブルでそうするように、その女性たちと対等な条件で話をし、また彼女たちに耳を傾けるとき、彼らの成長には加速がかかって、より均斉のとれたものとなるでしょう。そのとき喜劇が、もしくは形はなんであれ喜劇精神が、彼らのもとに生じてその国民性という塊から何かしらの像を刻みだし、彼らに鏡を見せ、社会の集合的知性を活気づけ、それを燦然と輝かせることになるでしょう。

現代のフランス喜劇が推奨できるのは、現実人生を研究する姿勢が直接的だからです。ただしそれは、そのような学問の初期の一歩にしかすぎないその姿勢が、喜劇の絵の構成と彩色に役立つ限りにおいて。善意ではあるけれど粗野なこのようなリアリズムの結果、作家たちがその場面、事件、またその人物において衝突するという事態が生じています。彼らのほとんどは、エミール・オージェの喜劇『女詐欺師』[139]を女神と仰いでいます。彼女は頭のよい女性ですから、その彼女を混乱させ破滅させようという力を合わせた計略にある種の面白さが見られます。この種の人物の魂胆は上流社会にみずから復帰することです。この種の喜劇では、ペテンによってこの目的を達成したことで、女主人公がいま「卑賤な生活へのノスタルジア」にふけっているか（しかし結局はそれにより、元の生活に投げ返されてしまうのですが）、あるいはもう少しで目的達成というところで、ペテンの最中に正体が暴露されるかのいずれかです。非常に善良で無垢な青年が彼女の犠牲者になったり、または非常に抜け目のない一応善良と言える青年が彼女の行く手をふさいだりします。こちらの青年は下層社会をよく知っていることで、上流社会の擁護者となることができます。彼は女詐欺師たちが没落する道筋に手を貸します。彼女らの上昇には決して手を貸そうとしません。世間はこの青年の味方ですし、しかも確かに彼女たちが望む上昇といっても大したものではないのです。しかし一体この青年はいかなる類の人物でしょう？赤裸々なリアリズムの勝利により、この青年がヒーローではないことが示されます。あなたは彼を確かに生きている青年として賞賛することになります（というのもリアリズムは何かしらの賞賛を呼びおこすポーズをとるものと想定せねばなりませんから）。彼は他の青年同様大した人間ではなく、ただ少しだけ彼らよりしっかりしていて鋭敏であるにすぎません。しかしながら、幕が降りてから、あなたが少しでもものを考えるとすれば、おそらく女詐欺師だってこの青年に対して反論すべき言い分があると、考えられそうです。まさにその通り、それに作者もそうではないとは言っていません。とにかく作者は実人生から描いたにすぎません。作者は、自分が小型望遠鏡の明るい狭い円の中に浮かび上がらせた実例から、観客が人生全般についてあまり哲学的でない頭で考えこむままにさせているにすぎません。

　琥珀の中のハエ[140]が何か特別な役に立つかは私には分かりませんが、喜劇の中に囲いこまれた喜劇の観念はそれによって、喜劇をいっそう一般の人々に認められやすく、持ち運ばれやすいものにしてくれます。そしてそれが一つの長所です。人々が一堂に会して喜劇の教訓を得ることは、彼らに利益を与えます。それは健全な精神を生き生きと活性化するからです。作者にとってもまたそれは利益となります。喜劇の作者は、何よりはっきりした構成を考えなければならないからです。それに、たとえ提示すべき思想がない場合でも、とにかく観客が喜劇の絵を見るように、まず自分たち作者に向かって彼らを舞台のその場面の前に座らせたということを、証明しなくてはなりません。その上、舞台のために書くということは、あまりにコケの生えた学者風の文体を矯正することになります。時に偉大な作家でもそういう文体に陥ることがあるのですから。舞台のために書くことはまた、群小作家たちを確固とした構想、また自国語である英語にとどめてくれます。彼らの多くは現在、小説の製作、駄じゃれの製造、そしてジャーナリズムの世界で、生産過剰の市場をさらにふくれあがらせています。彼らは、何でもがつがつ飲み込んでうめき声をあげる一般の人々に、腐敗しやすい食物をむりやり押し付ける組織と結びついています。その彼らも、勇気づければ、文学における芸術の研究に注意を向けるかもしれません。わが国の批評家は一般のイギリス人たちの風変わりな趣味に魅せられているように見えます。たとえばそれは、動物園に大きな動物が新しく輸入され、その動物の食欲がうやうやしく調べられるとき、世間の人たちがそれに夢中になるさまに似ています。現在批評家たちが作家に要求する第一条件は、その作家が人気作家であるということで、これでようやく彼らはある作家の成功、失敗を記録する審判の地位に着くというより以上の仕事をする気になるのです。ところで現在、最も人気のある料理を提供してくれる動物は豚です。しかし豚が動物の中で最も尊敬すべき動物だと考える人は、田舎家に住む人を除けば、どこにもおりません。イギリスの大衆もいつかきっと、別の恐らくもっと上質な肉を試しに食べてみるよう教えられるときがくるかもしれません。彼らは歌には優れた趣味を持っています。そこで彼らも全体として（そして、田舎家に住む人の食事観がわが国の文芸批評家たちの貧弱な意見であることをやめるときはそれだけ早く）、歌についてのこの優美な選択能力を、笑いを引き起こす素材選択の方向へと拡大するように、同じく正しく教えられるでしょう。

『喜劇論』訳注

1 アーサー王宮殿で…不倫をあばかれたご婦人方――アーサー王の宮殿で、奥方たちの貞節を試すマントを一人の少年が持ってきたという故事からきた比喩。不義を犯した女性が身につけるとその色が変わるマントを、アーサー王の妃グィネヴィアや、騎士ケイの奥方などが身につけたが、いずれも色が変わってしまった。このマントはメレディスの初期の代表作『リチャード・フェヴァレルの試練』(一八五九)の初版第一章でも言及されている。

2 染め物屋の手――シェイクスピア『ソネット』の第一一一番六行～七行「ほとんどそのためわたしの本性も、染め物屋の手のように、/それが働く場所に色が染まってしまった」への言及。オーデンにも『染め物屋の手』というエッセイ集がある。

3 ラブレーなら「笑いの無い人」と…――フランソワ・ラブレー(一四九七?―一五五三)の『ガルガンチュワ物語』第一の書の冒頭の「読者に」には「涙よりも笑い事を描くにしからざむ/笑うはこれ人間の本性なればなりけり」(渡辺一夫訳)とある。「笑いの無い人」

は agelast、「笑いを嫌悪する人」は misogelast、「笑い過剰の人」は hypergelast。いずれもギリシャ語からのメレディスの造語か。

4　ポープの『髪の毛の強奪』（一七一二）――アレグザンダー・ポープ（一六六八―一七四四）の代表的な疑似叙事詩。当時、青年貴族ロード・ピーターが賭をして、社交界の花形ミス・アラベラ・ファーマー（作中ではベリンダ）の見事な金髪をはさみで切ったことがあった。これがもとで、両家に不和が生じたことがあり、ポープはこの詩によってその不和の解消を計ったが、ますます悪化したと言われている。女性の髪を切るというささいな事件を、まるでトロイ戦争のように扱って描いているところに、この詩の面白さがある。

5　『タルチュフ』――一六六四年に一部初演され、六九年に全編演じられて大当りを取ったモリエール（一六二二―七三）の喜劇。偽信者タルチュフとそのペテンに目をくらまされるオルゴンを中心に、偽善者の仮面がはがされるまでが描かれる。

6　喜劇の女神タリア、九人のミューズ神――ギリシャ神話では、ゼウスがムネーモシュネーとの間にもうけた文芸・音楽・学問などを司る九人のミューズまたはムーサと呼ばれる女神

7

が登場する。そのうち喜劇の女神がタリア、悲劇の女神がメルポメネーである。メレディスには「仮面の交換」という詩があり、そこでこの二人の女神が互いの仮面を交換しあう。アキレウスの頭上に輝く女神アテーネーの光が……——ホメロス『イーリアス』の第十八巻に、「アキレウスの逞しい両肩に、アテーネー女神が、総のたくさんついた山羊皮盾を掛け、頭のまわりを金色の雲で取り巻き、そのからだじゅうから、女神の中でも尊い女神が、輝き渡る炎の光を燃え立たせた」（呉茂一訳）とある。アテーネー（ローマ神話ではミネルヴァ）は学問と勝利の女神で、アキレウスの守護神でもある。tragedyという語が元来「山羊の歌」を意味するように、古代アテネでは早春に万物生成の神ディオニュソス（ローマ神話ではバッコス）に捧げた祭りを催し、そこで人々は、ディオニュソスの従者で、顔は人間、体は山羊のサテュロス（ローマ神話ではファウヌス）に扮して舞い踊ったという。これが演劇の発祥と言われている。初めのうちは悲劇・喜劇の区分はなかったが、やがてその中の死や再生や結婚などのエピソードが分かれて、悲劇・喜劇・ロマンスなどのジャンルが生じたことは、ノースロップ・フライの指摘しているとおりである。メレディスはアキレウスとヘクターの一騎打ちに始まるトロイの没落を悲劇の始まりと考えている。また、悲劇には豊かな想像力があると説くリー・ハントも、「詩とは何か」でこの部分をその例として引用している。

8

アリストファネスが酒神ディオニュソスに……——アリストファネス（前四四八？—前三八〇）はギリシャの代表的喜劇詩人。代表作は『蛙』、『雲』、『鳥』、『蜂』、『女の議会』など。『蛙』に登場するディオニュソスは、劇の始めのほうで「酒樽の子たるこの俺が」と従者のクサンティアースに言っている。

9

わがチャールズ二世は、イギリス風俗喜劇の… 守護者でした——一六六〇年の王政回復で王位に復帰したチャールズ二世は、「陽気な王様（メリー・モナック）」の名の通り、それまでピューリタンによって閉鎖されていた劇場を再開し、自らイギリス演劇の守護者を任じた。この時上演された劇は風俗喜劇（コメディー・オブ・マナーズ）の名で知られる、上流社会の風俗習慣を風刺する喜劇が主であった。

10

闘争的上演——アリストファネスの喜劇は、クレオンを初めとする当時の著名人に対する痛烈な批判・個人攻撃をその主題としていた。風俗喜劇もピューリタンに対する同様の攻撃を仕掛けている喜劇だと、メレディスは考えている。

11　ある高名なフランス人――フランスの学者・哲学者・辞書編纂者エミール・リットレ（一八〇一―八一）のこと。この意見がどこで言われているかは不詳。

12　譲渡せざる権利――古代ギリシャにおいて、喜劇の競演が国家の行事として始まったのが前四八七年と伝えられている。注7で述べたように、元来ディオニュソスの猥雑な祭典として始まった喜劇の上演では、喜劇詩人に「歯に衣着せずにものを言う」無礼講の特権が認められていた。「放縦の許された季節のお祭り」は、バフチーンの言うような「カーニヴァルの季節」であったとも考えられる。ただし、アテネに完全な言論の自由があったわけではなく、後述のようにアリストファネスはその特権を取り上げられたこともあった。

13　ウィチェリーの『田舎女房』――ウィリアム・ウィチェリー（一六四〇―一七一六）の『田舎女房』（一六七五）は、病的に嫉妬深いピンチワイフ氏が、田舎育ちで世間知らずの若妻を連れて、妹アリシアの結婚のためロンドンにやってくることが発端となる。性的不能を売り物に多くの女性を誘惑する色男のホーナーにこの妻が惹かれてしまうことから、夫婦間の騒動が生じる。他方、妹の婚約者スパークリッシュは女性を信じすぎて、却ってアリシアを失ってしまう。王政回復期の代表的な風俗喜劇だが、性欲の合理化の試みとその失敗を扱うこの劇は「粗野で猥雑」だと言われる。それゆえ本文では、この劇の観客は「顔を赤らめる段階を超えていた」と説明されている。

14　スミスフィールド――一八六八年以来、食肉市場で有名なロンドンのスミスフィールドでは、かつて「血なまぐさいメアリ」女王によって、十六世紀半ば三百人の「異端者」が焼き殺されたという。

15　パスカルが言うように……――パスカル（一六二三―六二）の『パンセ』（一六七〇）の第九章「哲学者」の、三八二に引用の言葉がある。「すべてのものが、同じように動いているときには、表面上は、何も動いていないように見える。たとえば、船にのっているときのように。すべての人が放蕩へと向かっているときには、だれもそこへ向かって行くようには見えない。立ち止まる人だけが、いわば一つの固定した点として、ほかの人たちの逆上ぶりを指摘できる」（田辺保訳）この「固定した点」が、喜劇の視点、つまり、喜劇精神だと、G・ビアは言っている（「メレディスの喜劇の観念」(*NCF*, Sep. 1965)。パスカルの場合、固定した点は、彼が説く中庸・中間の立場であり、同時に「不動の神」の視点をも暗示している。

16 ヴァンブラ『逆戻り』（一六九六）——ジョン・ヴァンブラ（一六六四—一七二六）の二つのプロットからなる喜劇。そのうち兄フオピントンの名をかたって、金のためにサー・タンベリーの娘ホイデンと結婚しようとする弟ファッションのたくらみとその挫折を中心とするプロットがよく知られている。ホイデンは「お転婆娘」の意味、サー・タンベリー・クラムジーは「不器用樽腹左衛門」ほどの名前。この時代の喜劇の人名は、その人物のタイプを表すことが多い。

17 エイムウェル——ジョージ・ファークァー（一六七八—一七〇七）の『伊達男の策略』（一七〇七）の主人公。エイムウェルは「高い志」を意味する。彼は財産を使い果して、貴族の兄の名を詐称し裕福なレディ・パウンティフルの娘、ドリンダに迫るがその誠実さに打たれて、偽称を告白する。そのどたんばで兄の死を知らされ、めでたくロード・エイムウェルとなり、ドリンダと「晴れて結婚する」。文中の「意中の女性」とはこのドリンダを指す。

18　クラウンの頭をたたくハーレクインの棒――ハーレクインまたはアルレッキーノはイタリアの十六―十八世紀の即興喜劇コメディア・デラルテに登場するまだら服を着た道化で、これが喜劇の道化の原型となったと考えられている。彼は手には棍棒を持ち、臆病者のもう一人の道化スカラムッチアをいつもいじめている。ほかにも老いぼれの道化役パンタローネが出る。これらが、イギリスの「パンチとジュディ」の人形芝居に移された。

19　ある明敏なエッセイスト――イギリスの批評家リー・ハント（一七八四―一八五九）のことと考えられている。ただしどこで言われているかは不詳。その「詩とは何か」の中で、優れた劇は悲劇と喜劇の両要素を合わせ持つという発言はある。

20　エリア――チャールズ・ラム（一七七五―一八三四）のこと、その『エリア随筆集』（一八二三）中の「前世紀の技巧喜劇」への言及。クレオパトラがナイル川を御座船で下るシーンは、シェイクスピア『アントニーとクレオパトラ』第二幕二場一九〇行以下を参照。

21 「半ばしか信じられない架空の人物たち」――上記ラムのエッセイ中にある言葉。これらかつての風俗喜劇の人物は「古い喜劇の亡霊」だともラムはいう。

22 ルアウェル、プライアント、ピンチワイフ、フォンドルワイフ、ミス・プルー、ペギー――ルアウェルはファークァー『貞節な夫婦』(一六九九)に出る女性。プライアントはコングリーヴ『二枚舌使い』(一六九四)で、二枚舌のマスクウェルにだまされる貴族。ピンチワイフは既出(訳注13)。フォンドルワイフは同『独身老人』(一六九三)に出る妻に甘い老銀行家。ミス・プルーは同『恋には恋を』(一六九五)に出る不器用な田舎娘。ペギーは同『世間の習い』(一七〇〇)でレディ・ウィッシュフォートに仕える小間使い。ほんのちょっとしか出ない。

23 ミラマント――『世間の習い』の女主人公。メレディスの『エゴイスト』の女主人公クレアラ・ミドルトンとも比較される潑剌とした知性の持ち主。このあとで、メレディスはこの女性の魅力を伝えることにとりかかる。

24　アビガイル――聖書に出る賢く美しい女性（サムエル記上二五）。彼女は、裕福だが強情で粗暴な夫ナバルがダビデとその従者に対して働いた無礼を、我が身に引き受けて償う。そして夫が神の怒りで死んだあとダビデの妻となる。

25　パンチとジュディ――いまなおイギリスで流行しているあやつり人形芝居。パンチが夫、ジュディが妻。二人の間にいつも殴りあいが始まる。訳注18を参照。

26　「イギリス人の血の匂い」――マザー・グースのよく知られた童謡の一節。

27　コングリーヴ『世間の習い』…――ウィリアム・コングリーヴ（一六七〇―一七二九）の代表作であるこの劇は一七〇〇年の初演時、ひどい悪評のため作者は劇作のペンを折る決意をしたと伝えられている。しかし現在ではすべてのイギリス風俗劇のうちもっとも洗練された劇として高く評価されている。メレディスもこの劇に多大な関心を寄せていることは、以下の説明からも十分にわかる。物語は資産家レディ・ウィッシュフォートの姪のミラマントと彼女を恋するミラベルが紆余曲折を経て結婚に至るまでが中心となる。そこにレディ・ウィッシュフォートの娘フェイノール夫人と遺産を独り占めしようと企むその夫フェイノール、さらにミラベルを恋して捨てられたために恨みを抱くマーウッド夫人が関わる。ミラベルは自分たちの結婚を認めようとしないレディ・ウィッシュフォートに恋の素晴らしさを教えるため、下男ウェイトウェルを自分の伯父に仕立てて求婚させる芝居をうつ。ほかにも、本文に引用されているウィトウッドやペチュラント、ウェイトウェルと結婚するフォイブルなど滑稽な人物が多く登場する。

28 ジョン・スチュアート・ミルが指摘したように——ミル（一八〇六—一八七三）は著名なイギリスの哲学者・経済学者。その『自由論』（一八五九）はメレディスも愛読した。ミルにはまた『女性の隷属』（一八六九）という優れた女性論がある。その第三章には、ミルがイギリス人とフランス人の人間観の違いを扱っているところがある。

29 ホラティウスの教え——ホラティウス（前六五—前八）の書簡中に含まれている『アルス・ポエティカ（詩の技巧）』は、十七・十八世紀の詩人たちの規範となった。

30 ギリシャの新喜劇——古代ギリシャの猥雑なディオニュソスの祭りに端を発し、悲劇と同じく競演形式で上演されたギリシャ喜劇は、通例次の三つの時期に分類される。⑴古喜劇

（前五世紀のアリストファネスを代表とするアッティカ喜劇。時事問題を激しく風刺し、時に痛烈な個人攻撃をも辞さない政治的・道徳的な喜劇）⑵中期喜劇（前四〇〇年を境にした過渡期の喜劇）⑶新喜劇（前三二〇年頃からのメナンドロスを代表とする喜劇。筋の面白さと軽妙な会話を主とする）なお、『ギリシャ喜劇全集Ⅰ』（人文書院）の解説が参考になる。

31

ベン・ジョンソン、マッシンジャー、フレッチャーの喜劇――ベン・ジョンソン（一五七二―一六三七）の代表作は、『十人十色』（一五九八）、『ヴォルポーネ』（一六〇六）、『錬金術師』（一六一〇）など、「気質喜劇（コメディー・オブ・ヒューモアズ）」と呼ばれる。フィリップ・マッシンジャー（一五八三―一六四〇）の代表作は、『古い借金を払う新しい方法』（一六二一?）。ジョン・フレッチャー（一五七九―一六二五）はボーモントとの合作の悲劇で有名な作家だが、単独の喜劇として、『金のない機知』（一六一四）、『野鴨狩り』（一六二一）などし。

32

グリーディ判事――右記のマッシンジャーの喜劇に登場する判事。グリーディは「貪欲」

を意味する。

33 「袖の下をたっぷりつかまされた」――シェイクスピア『お気に召すまま』第二幕七場一五四行の引用。人生の七段階を説くジェイクィーズは、裁判官は「食用鶏をつめこんで／腹は見事にまん丸く」と言う。この食用鶏が賄賂のこと。

34 パニュルジュ――ラブレー『パンタグリュエル物語』で、パンタグリュエルがパリ市外で出会い、一生涯愛することになる男。いくつもの外国語や不思議な架空語を操る。パニュルジュとは「狡猾な・何でもできる・行くとして可ならざるはない」の意味だという。ラブレーの物語全体の重要人物の一人である。

35 ボバディル――ベン・ジョンソン『十人十色』に出る大言壮語の軍人。

36 ジェイクィーズ、フォールスタッフとその一党、マルヴォリオ、サー・ヒュー・エヴァンズ、フルーレン、ベネディクトとベアトリス、ドグベリー――ジェイクィーズは『お気に召すまま』に出る厭世家。フォールスタッフとその一味は、『ヘンリー四世、一部・二部』などに出る有名な無頼の騎士とその仲間たち。マルヴォリオは『十二夜』でさんざんな目にあうピューリタンの執事。エヴァンズは『ウインザーの陽気な女房達』に出るウェールズ人の牧師。フルーレンは『ヘンリー五世』に出る同じくウェールズ人の軍人。ウェールズびいきのメレディスは、ついここで「素晴らしきウェールズ人」という言葉が口をついて出る。ベネディト、ベアトリス、ドグベリーはいずれも『空騒ぎ』に出る重要人物。

37　エウリピディスが…メナンドロスの時代に生きていたら――エウリピディスは、前四八〇―前四〇六のギリシャの悲劇詩人。メナンドロスは前三四三？―前二九一？のギリシャの喜劇詩人。両者の間には約百二十年の開きがある。

38　ルイ十四世の宮廷――太陽王と呼ばれたフランスのルイ十四世は、一六四三―一七一五在位。モリエール（一六二二―七三）の一座は国王の庇護を受けて主として王宮パレ・ロワイアル（のちに「モリエールの家」と呼ばれる）で喜劇を上演したが、ようやく出来上がりかけていたヴェルサイユ宮殿にも招かれた。そこでは本文にもあるように、笑劇やバレエなども華やかに上演された。

39　センティメンタルな異義――「センティメンタル」は「感傷にふける」という意味だが、

メレディスの場合そこに「自分の見たいもの、聞きたいものにだけ注意を向け、それ以外には一切感覚を閉ざす」という意味も加わる。

40　船長や水先案内人を求めて泣き叫ぶさまよう船――メレディスの好んで使う比喩。船が人間性、船長や水先案内人が理性を表す。『悲喜劇役者』（一八八〇）の序文にも「酔っ払った水先案内人の乗ったさまよう船」という言い方が見られる。

41　哲学者――メレディス『サンドラ・ベローニ』（一八六四）に「哲学者」という名の人物が作者の分身として登場する。小説の流れを中断して、その場面について冷静にコメントする役を演じる。喜劇詩人とともに、「哲学者」は物事の真相を見抜く目をしている、とメレディスは考える。

42　センティメンタリスト――センティメンタリストは通例、スターン、マッケンジー、ジェーン・オースティンなどの作品に登場する過度の感傷にふける人間をいうが、注39でも述べたように、そこにメレディス特有の意味が加わる。『リチャード・フェヴァレルの試練』（一八五九）や、『エゴイスト』（一八七九）における定義によれば、センティメンタリスト

43

とは「あるものの所有に際して、それに当然伴う責任を一切回避する人」を言う。つまり、何ら相応の努力なく一方的に他人からの好意を期待するきわめて無責任な、かつ幼児的な心性の持ち主である。こうして自分の内部のばら色の世界でまどろむのが彼の独壇場である。メレディスはイギリス社会が、ピューリタン、バッコス信徒、そしてセンティメンタリストの三種の人間から構成されていると考える。そしてセンティメンタリストは中産階級の人間像を指しているが、これはマシュー・アーノルドが『教養と無秩序』（一八六九）で指摘したペリシテ人（俗物）と比較できよう。メレディスはセンティメンタリズムを「霧」、「蒸気」というメタファーで表す。これはカーライルが『フランス革命史』第一巻二章で、イギリス人の病的な心理状態を「センティメンタリズムのばら色の霧」と表現したことから続いたものである。センティメンタリズムはエゴイズムの現象面だと考えられる。両者はしばしばほとんど同じ意味で使われることもある。

ウィチェリーの『正直者』――モリエールの『人間嫌い』から思いついたとされる一六七七年出版の風刺的喜劇。ウィチェリーの最善の作という評価がある。しかしメレディスはこの作をモリエールの卑俗化だと考えている。

44 ゴールドスミス——オリヴァー・ゴールドスミス（一七二八—七四）の場合、小説『ウェイクフィールドの牧師』（一七六六）では良質の喜劇性が見られるが、その喜劇、たとえば『お人好し』（一七六八）、『敗けるが勝ち』（一七七三）は、たんなる笑劇にすぎないと、メレディスは考えている。

45 フィールディング——ヘンリー・フィールディング（一七〇五—五四）は『トム・ジョーンズ』（一七四九）、『アミーリア』（一七五一）などの小説で有名だが、最初は『仮面の恋』（一七二八）、『トム・サム』（一七三〇）、モリエール『守銭奴』の翻案『しみったれ』（一七三二）などの笑劇を書くことから作家活動をはじめた。

46 『トム・ジョーンズ』第八巻第一章——この章には喜劇について次のような発言がある。「わが国の喜劇作者諸氏は、ほとんどのこらずここに述べた過誤に陥っている。第四幕までは彼らの主人公はおおむね無頼の徒であり、女主人公は手のつけられぬ淫奔女であるが、それが第五幕になると、前者は忽然として見上げた紳士となり、後者は貞淑分別の婦人と

なる。しかも作者は不親切にも、この驚くべき変化撞着の理由を説明する最小の労さえ取らぬことが珍しくない」（朱牟田夏雄訳）

47　『人間嫌い』五幕二場――この場面でセリメーヌは、彼女の気持ちを今日こそ聞き出そうとするアルセストの前で、名前の挙がった友人知人の男女を機知を効かせながら次々とこきおろしてアルセストを煙にまく。

48　ウィチェリー、コングリーヴ、シェリダンにより……――たとえばウィチェリー『正直者』二幕一場、コングリーヴ『世間の習い』一幕九場、シェリダン『悪口学校』一幕一場、二幕二場などに、他の人物を次々に槍玉にあげる場面がある。

49　批判の光――メレディス『エゴイスト』（一八七九）序章の書き出し「喜劇とは社交生活のさまざまな局面に批判の光を投じるゲームである」と比較できる。

50　アルパゴン――モリエール『守銭奴』（一六六八）の主人公。

51　クリザールがフィラマントとベリーズに読んで聞かせた教え――ともに『女学者』（一六七二）に出る人物。クリザールは裕福で常識のある中流階級の商人。その妻フィラマントとその妹ベリーズは学問を鼻に掛ける「女学者」である。使用人の話す言葉の文法の誤りにいちいちに目くじらをたてる。第一幕七場で、そういう二人にクリザールは「学問なんかこの町の学者連にまかせておけばいい」と説教する。

52　『二枚舌使い』――一六九四年初演のコングリーヴの喜劇。プライアントの令嬢シンシアはロード・タッチウッドの甥で後継者であるメルフォントと結婚しようとしている。メルフォントを恋するレディ・タッチウッドは、かつての自分の愛人で二枚舌使いのマスクウェル（上手な仮面の意味）を使ってそれを阻止しようとする。一方マスクウェルの方では、自分がシンシアを手に入れようと次々と策を弄するが最後にはすべてが明るみに出てしまう。彼は明らかにイアーゴウ型の人物である。

53　『恋には恋を』――一六九五年初演のコングリーヴの喜劇。放蕩により父サー・サンプソン・レジェンドの不快を買ったヴァレンタインは、弟ベンに家督を譲るという証文に一部サインしてしまう。彼は愛するアンジェリカの心もまだ得ていない。父はベンを田舎娘のミス・プルーと結婚させようとする。ヴァレンタインは狂気を装い、証文への最終的なサインを拒否する。そこでアンジェリカはサー・サンプソンを自分に求婚させるように仕向けてその証文を手に入れ、絶望しかけていたヴァレンタインの前でそれを引き裂いて彼女の愛を告げる。

54　トレドの剣——スペインのトレドは鍛えの優秀な剣の産地として知られている。

55　ウォルター・サヴェジ・ランダー——一七七五—一八六四のイギリスの詩人・散文作家。代表作がここにあげられた『想像的会話』全五巻（一八二四—二九）。

56　気の利いた言葉を話すために…——原文はフランス語。出典不詳。ただし、『女学者』三幕四場に「しゃれたことを言おうとして苦しむ」という言い方が見られる。

57　レディ・ウィッシュフォートの魚河岸言葉——『世間の習い』に出るレディ・ウィッシュフォートは、ロンドン最大の魚河岸ビリングズゲイトで聞かれるような威勢のよい言葉を第五幕でどなり散らす。

58　ゲインズバラが…ヴェネツィア派の画家——メレディスはイギリスを代表する肖像・風景画家、トマス・ゲインズバラ（一七二七—八八）の等身大の「女性の肖像」を、ヴェネツイア派の画家ティツィアーノ（一四七七？―一五七六）の半身像などと比べている。

59 ルソーがダランベールに出した手紙――ジャン・ジャック・ルソー（一七一二―七八）はフランスを代表する思想家・哲学者。ダランベール（一七一七？―八三）はフランスの数学者・哲学者・百科事典編纂者。

60 風刺的劇作家たち――中期のギリシャ喜劇の代表者は、アンティファネス、アナクサンドリデス、アレキシスである。その特徴は人間性一般の滑稽化であり、人物の類型化である。ここにあるように高級遊女たちもその風刺の的となった。

61 二人のアンドロス島の女性――テレンティウス『アンドロス島の少女』では、アンドロス島出身の高級遊女クリュシスは幕開け前に死んでいる。その妹と間違って考えられたグリセリウムも舞台には直接登場しない。物語はグリセリウムがアテネの若者パンフィリスに誘惑され妊娠させられることが発端となる。ふたりの女性の美しさなどは、他の登場人物の口から伝えられる。

62 サント＝ブーヴ――十九世紀のイギリス作家に大きな影響を与えたフランスの批評家・作

家（一八〇四―六九）。

63 ダヴュスとシュルス――ダヴュスは『アンドロス島の少女』、『フォルミオ』などに登場する奴隷の名前。シュルスは『自分を責める人』、『兄弟』などに登場する奴隷の名前。いずれも滑稽な役割を演じる。

64 スカパンやフィガロ――前者はモリエール『スカパンの悪巧み』（一六七一）の主人公。後者はモリエール以来最大のフランスの喜劇作家ボーマルシェ（一七三二―九九）の風刺喜劇『セヴィリアの理髪師』（一七七五）と『フィガロの結婚』（一七八四）に出る人物。

65 フィラマントとベリーズ…――注51参照。これらの女性像は、メレディスの『サンドラ・ベローニ』（一八六四）などに登場する女性の原型と思われる。

66 ボッカチオ――ボッカチオ（一三一三―七五）の『デカメロン』（一三四八―五三、一四七〇刊行）の第一日の第四話、第三日の第四話、第六話および第八話などに、首尾よく厳罰を免れたり、亭主を騙してその妻を寝取ったりするペテン師の僧侶の話がある。

67 マキャヴェリの『マンダラゲ』――『君主論』（一五一三）で有名なマキャヴェリの喜劇で

一五二四年に上演された。

68 ゴルドーニ――カルロ・ゴルドーニ（一七〇七―九三）はイタリアの喜劇作家。モリエール風のイタリア性格喜劇で知られている。

69 コルネーユに『嘘つき』――ピエール・コルネーユ（一六〇六―八四）は、ラシーヌとともにフランスを代表する古典悲劇の作家。しかし『メリテ』（一六二九）や、ここにあげられた『嘘つき』（一六四三―四四）という喜劇もある。

70 ドン・ファン――スペインのセヴィリア地方に発したドン・ファン伝説はモリエールの喜劇『ドン・ファン』（一六六五）をはじめとして、モーツァルト、バイロンなど多くの芸術家に素材を提供した。

71 アッタ・トロル――ハイネの機知に富んだ風刺詩『アッタ・トロル』（一八四七）は「夏の夜の夢」という副題がつけられている疑似叙事詩である。アッタ・トロルはピレネー山中コトレの町で、檻の中に入れられてダンスさせられている年老いたオスの熊。この熊が鎖を切って逃げだし、えせ愛国者や俗流文学者などのいる人間社会を痛烈に批判・風刺していく。

72　レッシングも喜劇に――ドイツの詩人・劇作家・批評家で芸術論『ラオコーン』で有名なゴットホルト・レッシング（一七二九―八一）は、『パルンヘルムのミンナ』（一七六七）や『賢者ナタン』（一七七九）などの喜劇も書いている。

73　ジャン・パウル・リヒテル――通例ジャン・パウルの名前で知られるドイツの小説家（一七六三―一八二五）。カーライルの賞賛を受けたヒューモリストで、メレディスにも多大な影響を与えたとされている。その『花と実といばらの一本』には、ジーベンケースとその妻レネッテが登場する。

74　喜劇性の光はゲーテにも――『ファウスト』（第一部一八〇八、第二部一八三二）メフィストフェレスは喜劇的な言動をする。

75　ウンテルスベルグの穴の中で皇帝バルバロッサが――バルバロッサ（赤ひげ王）は神聖ローマ皇帝フリートリヒ一世（一一五二―九〇）のあだ名。第三回の十字軍遠征中に、船の難破により川で溺死したが、伝説によると彼は今もオーストリアのキフハウゼル山中にあるウンテルスベルグの洞穴でその部下とともに生きていて、そのひげが石のテーブルのまわりに生えているという。祖国が彼を必要とするときをこうして見計らっていることから「時を定めて目を覚ます」と言われる。元来、カール大帝の伝説が混同して伝わったものとされる。

76　サン゠マルク・ジラルダン――一八〇一―七三のフランスの政治家・文人。ソルボンヌ大学の詩の教授で、批評の著作としては、大学の講義をまとめた『演劇文学講義』（一八四三―六三）がある。

77　蒸気の状態――注42で述べたように、「蒸気」はセンティメンタリズムのこと。「愚行」が蒸気の状態から形あるものに移行するとは、具体的な制度や施設などとなって現れ出ること。センティメンタリズムが政治・経済の面にも浸透してきた。

78　南西の風、あるいはアルプスにこだまする呼び声――メレディスは「南西の風」と「アルプス」をこよなく愛した。両者はいずれも喜劇、および知的笑いのメタファーとして、対で用いられることが多い。『エゴイスト』の序章にも「春に心決めた魔法の大風」、「アルプスから見晴らすような広々とした見方」という言い方が見られる。

79　ジョンソン流の多音節語――サミュエル・ジョンソン（一七〇九―八四）の文体は、ラテン系の多音節語からなる荘重で大げさな「ジョンソニーズ」という名称で知られる。

80　パスクゥイエ公爵という方――一七六七～一八六二に実在した人物。フランス王ルイ・フィリップに仕えた。実際には九十五才で死んだ。

81　両側で恐ろしく引き合いながら――綱引きのイメージ。片側には命の綱が、それと平行して反対側には、退屈の綱が張られ、各組の人々はどちらの綱が強いか、切れるまで引っ張りあっている。ギリシャ喜劇のコロスが舞台の両側に別れて位置したことを思い起こさせる。

82　詭弁家――アリストファネス『雲』では哲学者ソクラテスが風刺される。

83　詩人――アリストファネス『蛙』では悲劇詩人エウリピディスが風刺される。

84　扇動政治家――アリストファネス『蜂』、『騎士』ではクリオンが攻撃される。

85　マラトンとサラミスの戦場の兵士たち――マラトンは前四九〇年の第二回ペルシャ戦争の

舞台。アテネ軍がペルシャ軍を破った「マラトンの戦い」の名で知られる。サラミスは十年後の第二の戦争の舞台。

86　老人デモス――『騎士』に出る人物。アテネ国家の擬人化。

87　旧喜劇――注30古喜劇を参照。

88　「一万の兵士」――ギリシャ方の大将キュロスに率いられたギリシャ軍は、キュロスの死後、ペルシャ方への内通者によって大打撃を受けた。ギリシャ方の軍人クセノフォンは退却を雄弁に主張し、かくて一万の兵士は無事に生還した。

89　アロエの花――加藤憲市『英米文学植物民族誌』(冨山房)によれば、アロエによく似た植物リュウゼツランは百年に一度しか咲かないという俗説がある。センチュリー・プラントとも呼ばれている。咲くときには大砲に似た音を出すという。

90　「善良なる市民」という理念――アリストファネス『蛙』の中で、アイスキュロスが「詩人が嘆賞される原因は何か、返答せよ」と聞くと、エウリピディスは「その才とその堅実な忠言とで、市民たちをよりよき者にするためにだ」と答える。

91
「だが、喜劇的なアリストファネスについて…」――ジョナサン・スウィフト（一六六七―一七四五）の詩 "A Letter to the Reverend Dr. Sheridan" (1718) からの一節。ただし原文では、"But as to Comic *Aristophanes*, /The Rogue too bawdy and too Profane is" であるが、メレディスの引用では、'But as for Comic Aristophanes, /The dog too witty and too prófane is' となっている。

92
クラティノス、プリュニコス、アメイプシアス、エウポリス――いずれもアリストファネスのライヴァルだった古喜劇作者たちだが、三大喜劇詩人というと、クラティノス、エウポリス、アリストファネスである。くわしくは『ギリシャ喜劇全集Ⅱ』（人文書院）の巻末の年表などを参照。

93
ドニーブルックの市――一八五五年まで、アイルランドのドニーブルックで開かれた市。無礼講と飲み食いの大騒ぎとけんかで有名だった。

94
『ヒューディブラス』――サミュエル・バトラー（一六一二―八〇）の風刺的な疑似叙事詩（一六六三―七八）。『ドン・キホーテ』をモデルにして、それにフランスの小説家ラブレーや劇作家スカロン風の書き方が見られる作品。ピューリタンのサー・サミュエル・ルークを冷笑・嘲笑した。

95　『反ジャコバン』誌――ジョージ・キャニング（一七七〇―一八二七）が一七九七年十一月から翌年七月まで刊行したイギリスの週刊誌。十八世紀末の破壊的な革命思想に反発して、通常のニュースの他に風刺詩やパロディを載せた。

96　グラタン――トマス・グラタン（一七九二―一八六四）はアイルランドの作家・編集者。ヨーロッパの旅行記で有名。アイルランドの独立を唱えた。

97　羽飾りのついた兜をつけたラマコス――ラマコスはクセノファネスの息子。ペロポネソス戦争にアテネの大将として出陣した。

98　ジョン・ウィルクス――イギリスの下院議員（一七二七―九七）。『ノース・ブリトン』という政治週刊誌を一七六二年に創刊。彼はここで時の政府への誹謗や、猥褻な女性論を発表し、何度か名誉毀損で訴えられた。非常な機知と能力の持ち主で、ロンドンの民衆のアイドル的存在だった。

99　サミュエル・フット——喜劇作家兼俳優（一七二〇—七七）。喜劇的な物真似の名手で、まわりの俳優や有名人を茶化した。同時代の人々から「イギリスのアリストファネス」と呼ばれた。代表作は『嘘つき』（一七六二）、「ギャレットの市長」（一七六四）など。

100　辞書を蹴散らす道化師たち——言葉のルールを無視して、ジョークばかり連発する娯楽作家たちのことをいう。

101　前の時代のある回想録——女公爵マリー・リリー・リヒテンシュタインの『ホランド・ハウスの思い出』（一八七四）のこと。

102　「あっ、そう」——原文は'Indeed'。不釣り合いな事柄に対する皮肉の意味。

103　エマとエルトン氏——ジェーン・オースティンの小説『エマ』（一八一五）に登場する人物。エマは牧師のエルトン氏を自分が後見人となっているハリエットと結婚させようとするが、エルトン氏はなんと当のエマとの結婚を目論んでいた。

104　ジョン・ゴールト——ジョン・ゴールト（一七七九—一八三九）は種々雑多の書き物（旅行記、歴史小説、詩、など）を量産した人気作家だったが、現在では忘れられた作家の一人となった。代表的な作品は、スコットランドの田園生活を扱った『教区の年代記』（一八二一）、『エアーシアの遺産受け取り人』（一八二一）など。

105 ロバの耳と森の最高に美しい光の輪……——もちろんシェイクスピア『真夏の夜の夢』への言及である。機織り職人ボトムは、妖精のパックによりロバの顔に変身させられる。妖精の女王タイターニアは、惚れ薬によってこのロバに恋する。

106 ドリーヌのような女性——『タルチュフ』に出るこの女性は、先に「常識が肉体をまとったような人」と言われた。二幕四場でドリーヌは、仲たがいしかけたヴァレルとマリアーヌの間を取り持つ。

107 ジョナサン・ワイルド——フィールディングの同名の風刺的小説（一七四三）の主人公。この小説は、一七二五年五月にタイバーンで処刑された有名な盗賊ジョナサン・ワイルドの伝記という触れ込みだが、実際は時の宰相サー・ロバート・ウォルポールや当時のイギリス社会に対する風刺である。

108 この部分が見つからないからです——実際には、ジョナサンの先祖ジェームズ・ワイルドが敵側ばかりからなる十二人の陪審員により死刑に処せられたと、第二章で短く報じられている。それに対する異義申し立ての部分は、メレディスの創作か。

109
フィールディングがリチャードソンにそそぐ眼差し――フィールディングが小説家として出発したのは、リチャードソンの『パミラ』（一七四〇）に対する滑稽な風刺として、『シャミラ』（一七四一）および『ジョゼフ・アンドルーズ』（一七四二）を書いてからであったことは、よく知られている。

110
彼についてゲーテは…――エッカーマン『ゲーテとの対話』の一八二五年一月十八日に「バイロンという人は、詩をつくるときだけは偉大なのだが、反省というようなことになると、たちまち子どもにかえってしまう」（山下肇訳）とある。

111
カーライルも…――『過去と現在』（一八四三）でカーライルはバイロンを批評している。たとえば、その第六章には、「バイロンが詩壇の寵児であるということはどう考えてもオーデンが神であり、マホメットが神の予言者であるよりも、本質的にもっと下劣なまちがった現象のように思われる」（上田和夫訳）とある。

112　スウィフトにおけるように――スウィフトの「ささやかな提案」（一七二九）では、アイルランドの貧困家庭を救うための一石二鳥の策として、生まれたばかりの赤子を食料にするという「ささやかな」提案がされる。その料理の仕方など、念が入っている。書き出しが至極まじめであればあるほど、その残酷な皮肉の辛辣さが強まる。

113　ギボンにおけるように――ギボンの『ローマ帝国衰亡史』（一七七六―八八）への言及。

114　笑いの中に悲劇の光をこめて……――メレディスの理想とする小説は喜劇と悲劇の混淆した『ドン・キホーテ』のような作品であった。彼はこれを念頭において『悲喜劇役者』（一八八〇）を執筆したと思われる。

115　現存する一人のヒューモリスト――これまでも何度か言及されたトマス・カーライル（一七九一―一八八二）のこと。

116　ヨリックのしゃれこうべをつかんで――『ハムレット』五幕一場で、ハムレットがかつての宮廷道化師のヨリックの頭蓋骨をつかんで、冥想する場面への言及。

117　真の「英雄」――カーライル『英雄崇拝論』（一八四一）への言及。

118　歴史や社会に手を染めると——同じくカーライル『フランス革命史』（一八三七）や前述の『過去と現在』（一八四三）など、歴史や社会を論じた著作への言及。

119　スターンの例——『センティメンタル・ジャーニー』（一七六八）がすぐに思い浮かぶ。

120　彼の描く社会の狭い分野——『エゴイスト』の序章でも、喜劇作家の扱う分野は、社交界の居間という狭い世界に群れ集う男女の言動であることが、述べられている。メレディスの頭の中には、モリエールの喜劇とコングリーヴの風俗喜劇がモデルとして存在している。

121　カレブ・ボルダーストーン——サー・ウォルター・スコット『ラマムアの花嫁』（一八一九）では、没落した貴族レイヴンズウッド家の老執事カレブ・ボルダーストーンが、世間の目に没落旧家の体面をつくろおうとして涙ぐましい努力をする。そのさまが滑稽に映る。

122　ラム『エリア随筆集・後編』の「貧しい親戚たち」——一八三三年出版のラムのエッセイ集にある一編。「貧しい親戚はこの世で一番見当違いのものだ」という言葉で始まる。

123　伊達男ブランメル——摂政皇太子ジョージ四世の友人ジョージ・ブライアン・ブランメル（一七七八—一八四〇）は、「伊達男」の通称どおりロンドン社交界のファッションのリーダーであった。

124 多くの人々の知性が結合して働けるように――『エゴイスト』の序章にも喜劇精神は「われわれの結合した社会的知性」から生まれるものという言葉がある。社会の基盤である「常識」は、社会の英知の結合したものだとメレディスは考える。

125 『女房学校の批評』――一六六二年上演の『女房学校』に対する批評に対して、さらにその批評として翌年にモリエールは『女房学校の批評』を上演した。

126 ミルトンの『コーマス』――一六三四年にジョン・ミルトン（一六〇八―七四）が書いた仮面劇。一一五行以下にバッコスとキルケーの子コーマスが月に合わせてモリスダンスを踊る場面が、コーマスの口から語られる。

127 クーパー――ウィリアム・クーパー（一七三一―一八〇〇）はイギリスの詩人で、手紙文の名手としても知られている。彼は生来憂鬱症の気質があり、自殺を企て精神病院に入ったこともあった。しかし『仕事』（一七八五）という優れた作品を残した。その中に彼にしては珍しくヒューモラスな詩「ジョン・ギルピン」（一七八二）が収められている。

128　死者に鞭打つボシュエの姿――ジャック・ボシュエ（一六二七―一七〇四）はフランスの有名なカトリック司祭・説教者。モリエールの死後二十年たって、『喜劇に関する金言集』（一六九四）を書き、モリエールの野卑な面を罵倒した。

129　喜劇的な説教壇――イギリスには、聖職者でいながら滑稽文学を書いた人物が多い。たとえば、ロバート・サウス（一六三四―一七一六）、ジョナサン・スウィフト（一六六七―一七四五）、ローレンス・スターン（一七一三―六八）、シドニー・スミス（一七七一―一八四五）など。ちなみにラブレーも僧侶だった。

130　アリストファネスの喜劇『蛙』――ギリシャの二大詩人エウリピディスとアイスキュロスの比較評価を目的としたこの劇は、初めに黄泉の国をたずねてエウリピディスを呼び戻そうとするディオニュソスとその召使いクサンティアースの旅立ちから始まる。地獄の門で門番のアイアコスと鞭うちの大騒ぎが演じられる場面が、メレディスがここで引用している箇所である。

131　スモレットの『ペレグリン・ピックル』――トバイアス・スモレット（一七二一―七一）

の第二作の小説『ペレグリン・ピックルの冒険』（一七五一）は、悪漢を主人公とするピカレスク小説の代表作の一つ。

132 一冊の「本」——『エゴイスト』には、「地の本」と呼ばれる一冊の本が序章で紹介されている。別名「エゴイズムの本」ともいわれるこの本には、古今東西の人間のエゴイスティックな姿が描かれているという。これは「天の本」である聖書と対比される。

133 ラ・ブリュイエール、ラ・フォンテーヌ——ラ・ブリュイエール（一六四五—九六）はフランスのモラリストで、代表作は『レ・キャラクテール』（一六八八）。ラ・フォンテーヌ（一六二一—九五）は『寓話』十二巻（一六六八—九四）で有名なフランスの詩人。

134 トリッソタンとかヴァディウス——いずれもモリエール『女学者』に出る人物。えせ学者のトリッソタンは「三倍のばか」という意味。ヴァディウスはトリッソタンとやりあう学者。

135 剛勇オルソン——シャルルマーニュ伝説において、ヴァレンティンと双子の兄弟。オルソンは熊に育てられて剛勇の異名をとった。

136　このタイタンが戦っている相手は……――ギリシャ神話では、タイタン族はウラヌス（天）とゲー（地）の子供たち。ゼウスはタイタン族を征服して天の玉座についた。タイタンはゼウスに反抗した巨人としばしば混同される。

137　アルザス地方――一八七〇年にドイツは武力でアルザス地方を併合した。この地の所有権をめぐって久しくドイツ、フランス、オーストリアが争っていた。

138　『親友フリッツ』――一八六七年（メレディス『喜劇論』の前年）、パリで上演されたエルクマンとチャトリアン合作の喜劇。フリッツとは元来ドイツ人の愛称。

139　エミール・オージェの喜劇『女詐欺師』――エミール・オージェ（一八二〇―八九）は当時人気があった多作家だが、今では忘れられたフランスの劇作家。『女詐欺師』（一八四八）は、オージェの最初の重要作である。

140　琥珀の中のハエ――琥珀の中の化石化したハエのことで、カフスボタンなどに使われる。「あぶらの中のハエ」（「玉にきず」の意味）という言い方と比較できる。

付録　『エゴイスト』序章――最後の一ページだけがともかくも重要と言える章――

喜劇とは社交生活のさまざまな局面に批判の光を投じるゲームである。[1] それは文明化された男女の群れ集う客間に見られる人間の本性を素材として扱う。社交の場には、元来情景描写の迫真を読者に納得させてくれるはずの、騒乱の外界の塵も、泥濘も、また激しい破壊の衝突音もない。[2] 外界の刺激を受けやすい五感に訴えて、読者に情景描写の迫真を信じ込ませようという手段もとらない。または時計職人がはめる小さな丸型レンズの輝きに頼って、微細きわまる証拠の粒[3]をその光の中に浮き上がらせ、かくて読者の疑い深さを駆逐しようとすることもしない。「喜劇精神」は若干の登場人物を対象にして、ある一定の状況を考えだし、もっぱら彼らと彼らのかわす言葉だけを追跡してそれ以外の全ての付属物を退けてしまう。というのもそれは、みずから一つの精神であるから、人間たちの中の精神を追いかけるのだ。そこでは眼力と熱情がその長所となる。読者を説得して自分の存在を信じこませようなどとは、この精神はいささかたりとも考えない。ただついてくればわかるだろうという態度である。しかし、その後について走っていくだけの価値があるかどうか、という問題は残っている。

ところで現在世界はある一冊の大きな本を所有している。地上で最大の書物といってよい。実にそれは天の本に対する「地の本」とでも呼ばれようか。その題は『エゴイズムの本』[4]と言い、世界中の知恵が満載されている。ものを書き始めて以来このかた何世代もの人たちがその本に書き込みを加え続けてきたから、この本はいまやあまりにも知恵が溢れかえり、あまりにも大冊となっている。それゆえ現代のわれわれがそこから利益を得るためには、その「本」は思い切って圧縮される必要がある。

一体だれが、とかの著名なヒューモリスト[5]はこの「本」に言及して言う、一体だれがこんなに延々と続くページをくって艱難辛苦の読書の旅を続けられようか。いまやそのページたるや、一枚ずつ並べて繰り広げればイギリス最南端のとかげ岬から極地の果て[6]にまで届こうという。その極地の最後の数リーグ、肺状に広がっている哀れな切れ端は、探検隊[7]によれば寒さのあまり爪先踊りをしているという。それは食卓のまわりでおこぼれの骨にあずかる犬たちさながら、極点の端で運がよければようやく息をしているありさまだ。けた外れの何の変化もない長さ、ただただ長々と続く距離、それは旅しようとする心意気をぐらつかせて、一目見ただけでわれわれの心を老化させてしまう。それに、「本」のページの一枚を、最後にようやくその孤高荘厳なる局外者[8]のカラスのような頭の上に印刷できたところで、それが何になろう。たしかに努力すればその局外者をも「本」の中に引き入れることはできよう。だがだからといってわれわれの望む知識が、「本」の章の端が向こうに見えるドーヴァーの崖から垂れていた頃とくらべて、われわれにいっそう多く存在するわけではない。かのドーヴァーの崖に鎮座ましますのは、われわれの大先達にして大巨匠シェイクスピアその人[9]であって、彼は外なる幾多の海を内なる海に照らしだしてじっと観察しているのである。

言い換えると、あえて先のヒューモリストの真意を翻訳すれば（ヒューモリスト[10]という連中は気難しいやからで、われわれの理解を煙にまくのもかれらのヒューモアのひとつ）その内なる鏡、すなわち包含し凝縮する精神こそ、（いまやほとんど極地にまで延びようとしている）マイル標のように果てしなく次々と重ねられていくその本の内容を、本質だけに絞って、選り抜きの実例として、消化しやすくわれわれに与えてくれるのに不可欠である。わたしが彼の言わんとすることを察するに、全て目に見えるものを小心翼翼と微細に写しだし、全て耳に聞こえるものを残らず反復するというリアリスティックな手法が現代のかくも籾殻ばかりふくらんだ中身のない本と、ただただ膨大な量と騒々しさだけをだらだら続けていく本[11]を生んだ主たる原因で、そういう本の中から、われわれの現代の病いであるワン・パターン[12]という病いが、淀んだ沼地が放つ蒸気[13]のように悪臭紛々と立ち昇ってくる、と彼は言いたげだ。その病いの治療薬または原因がなんであれ、とにかく現代のわれわれはその病気にとりつかれている。そこで先日も解毒剤を求めてわれわれは一団となって「科学」のもとに押し掛けていった。そのさまは、あたかも歩き疲れた歩行者が、まっしぐらに突進する列車の機関室にわれ先によじのぼろうとするかのようだった。「科学」がわれわれに引き合わせてくれたのは、われわれのあまりに歳老いた祖先たち、東洋風の姿勢をする連中[14]だった。そこでわれわれも大昔の連中よろしく、キャッキャッという原始の叫び声を張り上げて、夜の帳の降りかけたアマゾンの森と張り合おうとした。病いは癒えた、と思い込んで。だが、夜が明ける前にわれわれの病気はまた再びわれわれに取りついていた。しかも気が付けば尻尾まで伸びていた。われわれの前にも後にも尻尾がついていた。[15]われわれはあいも変わらず同じ姿、しかもその上、動物にまでなりさがっていた。これが「科学」からわれわれが得た全てだった。

「芸術」こそ特効薬だ。類人猿などから学ぶべきものはほとんどない。だから連中は放っておけばよい。ところでわれわれにとって主たる考察は、一体「芸術」の中でもいかなる特定の文学ジャンルが、例の万人共有の知恵の「本」の精読にもっとも適しているかということだ。そうすればわれわれはもっと明晰な精神ともっと生き生きした態度で、いわば、霧笛の響く国から陽光と歌の中へと脱出できるはずだ。ではわれわれは、時計職人の片眼鏡を使って、極小物を浮き出させる輝く小さな輪にあててそれを読もうか、それとも実例と類型により重点をつけ、われわれの結合した社会的知性から生まれた精神[16]——実はこれこそが「喜劇精神」だが——その精神のアルプスのような広々とした目で眺め渡してそれを読もうか。賢い人々は後者と言うだろう。彼らが言うには、「本」はその中身を過度に貯めこんでしまうという絶え間ない傾向があって、その飽満がすぎるあまり、それが人類に掲げる鏡を曇らせて、そこにわれわれひとりひとりの顔立ちを認めようとしても不正確にしか映しだされないことになる。これは文明にとって危険なことだ。そこでこれら賢い人々が意見として強く主張してやまないことは、何よりもわれわれは、「喜劇精神」がその「本」の風体を軽くしてくれるようにぜひともそれを励ますべきである、ということだ。その精神は結局は、われわれ自身の子孫なのだから。彼ら賢い人々が言うには、喜劇こそ真の気晴らしである。同様に喜劇はその偉大な「本」の基調であり、「本」のメロディーの部分なのだ。彼らが言うには、喜劇はいかに「本」の全ての部分をたった一行の中に凝縮するか、いかに何巻もの量をたった一人の人物の中に凝縮するか。だから繰り広げれば何千リーグをも超える本のかなりの部分が、たった一回の舞台の場面の中に圧縮できるのだ。

というのも確かに（と彼らは言う）その出来る限りの部分、せめて目の前のページだけでも、もしわれわれが人間でいたければ、ぜひとも読む必要があるからだ。そのうちの一人が「本」を人さし指でさして、その熱意には許される調子で声高に叫びだす。——君たちの恐ろしい病いの治療薬はまさにここにある。すなわち、喜劇という蒸留器を通してだ。それは科学にもなければ、またスピードにもまだない。スピードという名は貪欲の別名にすぎない。とにかく、生き生きと生きるには、魂が活発に躍動するためには、君たちにいつもつきそう脈拍の鼓動に多彩な変化が生じる必要がある。自分の今の鼓動をよく調べてみよ。まるで馬の老ドビン[17]の大儀そうな足並みのようにドタドタと進んでいくではないか。あるいはじゅうたん叩きが棒きれ使ってパンパンほこりを叩きだすとか、あるいは田舎家の古時計が夜中の一時二時という小さな時間に簡単な算術を教えているというような淡々とした仕事ぶりだ、酒神バッコスの力を借りてもなおこういうことになる。たとえ脈の鼓動を速脚で駆けさせてみようと、バッコス神を背中に乗せ、結婚の神ヒューメンのもとへ、あるいは死者の国ハーデースへと速脚で駆けさせてみようと[18]、まったく変わらぬ調子しか響いてこない。奇奇怪怪なる一本調子[19]が、あたかも海の女王アムピトリーテー[20]の全世界を包みこむ両腕のように、われわれを包み込んでいるのだ！　ああ、気晴らしを求める雄叫びが聞こえてくる。喜劇こそ、速やかにかつすべてを包み込んで読むためのわれわれの手段であると、「本」に指置く彼は宣言する。喜劇こそ、気取り、増長、愚鈍、その他われわれの間に見られる未熟と愚劣の名残りを矯正する[21]と申しでてくれるものだ。喜劇こそ、われわれを教化してくれる究極のもの、われわれを洗練してくれる、心優しい料理人である。彼がいわく、喜劇がセンティメンタリズムをカバの枝の鞭をもって監視してもそれはロマンスと対立するわけではない。もちろん、君が誠実である限り、恋愛、それも熱烈な恋愛は可能だ。ただ理性の命令に背反してはいけない。もし恋をしているある男が背伸びして、一足分[22]だけ気取り過ぎたとすると、その出すぎた足が喜劇のワナにかかることになる。喜劇には、高潔な笑いに打たれると慈愛の心が軽蔑から生まれでるという特異な場面が存在する。それは、プロスペロの魔法の杖によって、魔女シコラックスの束縛から解放されたエーリエル[23]のようなものだ。そしてこの新しい命を得た理性の笑いは、夏に向かって心を決めた移り気な春のあの魔法の大風のように、そのおもむくところ至る所で百花繚乱と花々を咲き乱れさせる。ほら、君にもいまそれがかの繊細な精霊を解き放っているのが聞こえているはずだ。これと比較して、酵母[24]の入っていない社会の出す声に耳を傾けるがよい。それは乳搾りの時間がとうに過ぎている、[25]乳の張った雌牛が出すような、モーモーという鳴き声だ。ああ、そんな不浄なものに呪いをかけて破門にする資格のある聖職者がいてくれればいいといえる。――と、ここまでは恐らく熱狂者の言だ。だが、この人の言うことに耳を傾けるべきである。

ペーソス（哀感）に関して言えば、いまではどんな船[26]もペーソスなしで航海を始めることはできない。ペーソスとは、それがもし船を安定させるだけの底荷でないとしたら、わたしには正確には何だかわからない。その底荷は、われわれの現代の船の上では、特許を受けた工程によって分解して水分にまで形を変える[27]ことができる。というのもそれはほとんど船荷とはなり得ないし、また船全体の給水設備は他に用途があるからだ。そこでそれを十分積み込んだ船がもっとも安定して航行するように思われる。そこに一抹のペーソスがある。エゴイストも確かに哀れみを感じさせる。すべての人をだしにして、自分だけ服を着ようと願う男、そしてその願いゆえにかえって自分だけが素裸になる運命にある男、もし仮にペーソスに形があるとすれば、この男こそペーソスが現実に肉体をまとった人物だと見做されるだろう。ただし、この男、読者たるあなたに向かって突進して、あなたをころがし、その肉体をぎゅっと絞って塩辛い涙のしずくを出させることは許されていない。そこに今度の新機軸がある。

あなたはこの男をすぐさま、現代のわが国の、富も地位もある紳士だと承知するがいいだろう。ただしどんなに煮ても焼いてもこの男、心しなやかという人物ではない。この男の心の気分は表面にほとんどさざ波ひとつ起こさないほどだ。それで、ただきわめて洞察力の鋭い、きわめて悪戯な小鬼たち[28]だけが、男の気分を見分けることができるのだ。男の特質が一般にはほとんど気づかれずに何かしら一筆現れ出るとき、これを見た小鬼たちの下界で連発する発作的な大笑いが、天の世界で文学を監視する温順な記録天使たちの注意を最初に引いて、この男の中に何か喜劇的なものの存在を気づかせた。それはちょうど天使たちが、いままさにこぞってこの紳士の特徴を、どんな飾りもなく（ここでは簡潔こそもっとも敬意を表する[29]のだから）その記録の見出し部分に記述しようとしていたところだった。彼は「名のある家柄と財産をもつ紳士、具体的なものを尊ぶお上品な島国の偶像」

だと。小鬼たちは真相を見抜く眼力に火をつける酔狂な悪戯心を内にそなえている。意地悪くも彼らはもったいぶったお歴々の中のあほらしさを暴露することが好きでたまらない。「エゴイズム」を見かけるところはどこであれ、小鬼たちはたちまちそのキャンプを張り、円を作ってしゃがみこむ。彼らは確実に何かばかげたものが飛び出すものと確信して、ただちにその手提げランプのしんを切って整えておく。あまりその確信が強いから、かねて獲物とにらんできたあるイギリス紳士をひとたびつかんだその手は決してゆるみはしない。だが、やがて紳士は自分でも知らぬまに、それと気づかないほど飛んだり跳ねたり奇抜なふるまいを見せ始めるようになる。こうして彼はその本来の臭気を蒸気のように放って現れ出てくる。するとそれが小鬼たちの狩りの臭跡となる。たちまち彼ら小鬼たちとエゴイストは、追いつ追われつ駆け出していく。これら小鬼たちについて知られていることは、彼らは偉大な名家なら何世紀もそこにつきまとい、新しく相続人が生まれれば間断なくその全ての誕生に居合わせて、勤勉に確認のメモを取り続けるということだ。彼らは手と手を結び、その名家の揺らぎかけた巨大柱のまわりで楽しげな輪の一つを作って、エゴイスト誕生の番がくるまで一斉に大声を合わせている。まるで彼らが（恐らく実際そうだったろうが）古い時代から、その家の資質を受け継ぐ、まだ生まれない、種さえ仕込まれていない例の相続人の中に、運命づけられた「エゴイズム」という巨人の存在を臭ぎ付けていたかのようだ。彼らは「エゴイズム」が勇敢であるあいだは、またしらふであるあいだは、社会的に価値があり国家的に有益であるあいだは、くすくす笑いさえあえてしようとはしない。ただじっと待つのみである。

かつて、あるひとりの壮大な老「エゴイズム」がその名家を築いた。エゴイズムのさらにいっそう繊細な本質が、その家の支えに次々と必要であることが見て取れるであろう。だがとりわけ見て取れることは、もし仮面をつけて洗練という気分で、その野卑な原型に先祖返りした人物が現れるとすると、それはその家の土台を揺るがす大地震となるということだ。そんな時代錯誤の亡霊を生み出すくらいなら、その家は振動に屈せず、あくまで頑強に昔ながらのやり方に固執していたほうがよかっただろう。しかしながら、現れ出たその亡霊の姿は、円をなしてしゃがみこんでいるわれらが小鬼たちの座っている尻をむずむず落ち着かなくさせるものだ。小鬼たちはすぐさま目を向け、両耳を一杯に広げて、喜劇的な自殺劇の幕開けを待ち構えている。もし次の一行の詩がまだわが国の文学の中にないとすれば、それを彼の墓碑銘として認めてもらいたい。

彼は自愛するあまり思いあまりて自殺で自滅した。[30]

『エゴイスト』「序章」訳注

1　喜劇とは…批判の光を投じるゲーム――『喜劇論』で言われているように、メレディスにとって喜劇とは、実際社会という狭い世界の少数の男女を対象にする。また『喜劇論』訳注49、120参照。

2　騒乱の外界の塵も…衝突音もない――メレディスは第七作『ヴィットリア』(一八六七)で、イタリア統一革命の戦乱を描いた。喜劇はそういう外の世界の騒音などは扱わないという。それゆえ一般の歴史小説のような迫真の描写というわけにいかない。

3　微細きわまる証拠の粒――リアリズム小説家の微をうち細をうがつ書きかたを、時計職人の使う眼鏡にたとえた。喜劇は本質だけを浮き上がらせる「蒸留器」であり、それらの本質を互いに対立させるゆえに、リアリズムとは根本的に創作原理が異なる。感覚に訴えてセンセーショナルに書いていくやり方でもない。

4　『エゴイズムの本』――人類が文学を手にして以来、そこには世界中の人間のエゴイズムのあり方が書きつがれてきたと言える。それゆえ、アリストファネス以来の古今東西の喜劇を一挙にまとめてみたと想定すれば、ここで言われている「本」の概念も理解できよう。時代が進み、科学や探険の成果がますます「本」の中身を増やしている。なお『喜劇論』訳注132参照。

5　著名なヒューモリスト――メレディスは『喜劇論』で、セルヴァンテス、ラブレー、モリエール、シェイクスピア、そしてカーライルなどをヒューモリストと呼んでいる。ここで言うヒューモリストがだれを指すか不明。恐らく、カーライルとメレディス自身を合わせたような人物を言っていると思われる。このあたりの奇抜な比喩を連発する文体はいかにもカーライル／メレディス風。

6　とかげ岬から極地の果て――コーンウォールの先端の岬はとかげのような形をしていることから、とかげ岬という。極地はここでは南極大陸のこと。例の本のページを一枚ずつ並べると、南極までも届くという意味のほかに、その本の扱う題材がイギリス国内全体はおろか、科学の進歩によって極地のありさままでも網羅しているということを同時にほのめかす。

7　探検隊――極地、とりわけ南極探険は、一八四〇年から四三年にかけてサー・ジェームズ・クラーク・ロスがロス海を通って大陸奥深くさぐったものがよく知られていた。

8　孤高荘厳な局外者――南極大陸そのもののことか。あるいは『エゴイスト』第八章に「南氷洋のかなたに浮かぶ孤高なる氷山」とあるように、壮大な氷山のことか。

9　ドーヴァーの崖に…シェイクスピアその人――『リア王』四幕六場で、ドーヴァーの絶壁から盲目のグロスターが飛び下りたつもりで地面に倒れるのを、息子のエドガーがうまく父の再生へともっていく場面がある。さらにそこに狂気のリアも登場してくる。この場面は悲劇的であると同時に喜劇的で、かつ意味深い。メレディスはこの場面をしのぐ喜劇はその前にも後にも書かれたことがないと考えている。

10　ヒューモリスト――ここではヒューモリストの原義「気難しい人、気紛れな人」が込められている。元来ヒューモアは人間の気分を決める四種の体液のこと。

11　だらだら続けていく本――当時大はやりの週刊誌などでの連載小説をいう。まとめられると大抵三巻本（スリー・デッカー）となった。その結果ディケンズやトロロープの作品のように大冊となるのが普通だった。

12　ワン・パターン――原文は「単調（sameness）」。メレディスは、イギリス人の性質を「ワン・パターン（all of a pattern）」と口癖のように言って批判したという。ちなみに、『エゴイスト』の主人公の名前は、サー・ウィロビー・パターンである。

13　蒸気――『喜劇論』訳注42、77参照。後でエゴイストの臭気としてもう一度出る。

14　東洋風の姿勢をする連中――類人猿のこと。このあたり、もちろんダーウィンの『種の起源』（一八五九）への言及。

15　前にも後にも尻尾がついていた――精神ではなく肉体第一の動物的存在に落ちた人間のこと。セックスへの言及も込められている。

16　結合した社会的知性から生まれた精神――喜劇精神の説明としてよく知られた一節。『喜劇論』訳注124参照。

17　老ドビン――ドビンは伝統的に駄馬につけられる名前。

18　ヒューメーン、ハーデース――つまり小説が結婚で終わろうと、死で終わろうと、ということ。結婚と死がなければ小説をどう終わらせてよいか分からない、と言ったのは、E・M・フォースターだった。バッコスが背中に乗るとは、酒が入ったようなお祭り騒ぎのような小説をいう。

19　奇奇怪怪な一本調子――原文は monstrous monotonousness。発音も字面も喜劇的。

20　海の女王アムピトリーテー――ギリシャ神話における海神ポセイドンの妻。トリトーンの母。その腕は世界中を包み込むほど大きい。何しろ海は世界を取り囲んでいる。

21　気取り、増長、……――このあたり『喜劇論』の後半部、銀色の笑いの部分参照。

22　一足分――ここは足をフット（長さの単位）にかけた言葉のしゃれ。

23　解放されたエーリエル――シェイクスピア『テンペスト』一幕二場参照。悪い魔女シコラックスにより木のなかに閉じ込められたエーリエルをプロスペロの魔法の杖が解放するように、喜劇精神は笑いを解き放つ。

24　酵母――喜劇精神は社会の活性化のみなもとである。パン種にたとえた。

25　乳搾りの時間の過ぎた……――エゴイズム、センティメンタリズムはエネルギーの滞りにほかならない。

26　どんな船も――小説を船にたとえた。なお『喜劇論』訳注40参照。

27　分解して水分に……――つまりお涙頂戴の小説、たとえばディケンズの小説『骨董屋』（一八四一）の少女ネルの死の場面のようなところを念頭においている。

28　きわめて悪戯な小鬼たち――『喜劇論』では、喜劇精神は人間の頭上を飛びかう精霊である。ここではそれが悪戯の小鬼となって円陣を組んでいる。

29　簡潔こそもっとも敬意を……――これは明らかに『ハムレット』二幕二場のポローニァスの言葉「簡潔こそ知恵の魂」のもじりである。

30　彼は自愛するあまり……――この墓碑銘の原文 "Through very love of self himself he slew," は、s音、l音、f音の繰り返しで、発音するだけで滑稽に響く。翻訳ではその面白さがなかなか伝わらない。

解説　新しい読者の到来――メレディス『喜劇論』考

原　公章

　一八七七年二月一日、メレディスはロンドン・インスティテューションにおいて「喜劇と喜劇精神の効用について」という講演を行なった。原稿は一八七六年から七七年にかけて用意されたもので、メレディスの長年にわたる喜劇研究のたまものであった。講演は非常に評判がよく、聴衆は多大な感銘を受けたと言われている。気を良くしたメレディスはこの原稿に再度手を入れ、それを同年四月に『ニュー・クゥオータリー・マガジン』誌に発表した。メレディス唯一の本格的文学論であるこの『喜劇論』は遠くギリシャ・ローマの喜劇から、フランス・イギリス・イタリア・スペイン・ドイツ、さらにはアラブ世界にまで及ぶ各国・各時代の喜劇のあり方を概観したもので、独学によるメレディスの博覧強記ぶりが遺憾なく発揮されたものであった。とりわけアリストファネス、メナンドロス、テレンティウス、モリエール、コングリーヴといった喜劇作者の作品が、メレディス特有のレトリックによってきらびやかに紹介・分析されている。つまるところメレディスの考える喜劇の観念は、喜劇精神の呼び起こす「知的笑い」に満ちた、モリエールとコングリーヴに代表される「風俗喜劇」にあると、研究者の間では概ね意見が一致している。また、この講演直後に書き始められた代表作『エゴイスト』はその喜劇理論の実践と見做されており、その序章は『喜劇論』の事実上の要約だと代表的評伝家のライオネル・スティーブンソンは言っている。メレディスの小説もまた従来この喜劇精神の観点より解釈されるのが一般的だった。しかしながら一九七五年に出版されたジュディス・ウィルト『ジョージ・メレディスの読む価値のある人々』は、メレディスの小説中で行なわれている「語り手」と「想定された読者」とのやりとり（ウェイン・ブースの用語ではサブプロット）に注目し、メレディスの小説は読む価値のある（リーダブル）人物を描くと同時に、それを読む読者をサブプロット内の対話を通じて有能な（リード・エイブル）読者へと鍛えあげてくれるのだと指摘した。メレディスは小説の主題を伝えるのに、目のくらむような異様な比喩を連発すると同時に（それは『喜劇論』でも遺憾なく発揮されている）、普通の小説のようにアクションそれ自体を語るのではなく、登場人物の主観的反応を地の文とする結果、読者は他の小説を読むときには考えられないような努力を強いられるからだとウィルトは言う。たとえばW・アレンはメレディスの文体は「あまりに目をくらませ疲れさせる」と言い、S・サスーンはメレディス流の奇怪な表現のリストを、後期の小説『われらの征服者の一人』（一八九一）から抜き出しているほどである。W・サイファーはこの文体を「自意識の言語」と呼び、A・ホワイトは「恥の言語」と呼んだ。しかしながらウィルトによれば読者はこのような言語を強いられるからこそ、ふだんは何気なく行なっている読むという行為を自覚させられるのだと言う。

「アクションの水源である心の動きに焦点を合わせるようにさせられない限り、自分を読者と呼ぶ資格はない。またこの読むという重要な行為は、自分自身の心を鍛えて、表層と深層、外見と内実、示唆と推論、メタファーとメタファーが指し示す名状し難いリアリティーとの間を容易に明晰に動くことができない限り、それに熟達したものとは言えない。（中略）読者の頭は圧縮されたイメージを充実させたり、拡大されたメタファーをとりまとめたり、心の動きの微妙で分析的な描写についていくといった努力によってきりきりと絞られる。かつて経験したことのないほど多くのものを、首尾一貫させつつ取り入れて眺めるようにと激しく緊張させられる」（『ジョージ・メレディスの読む価値のある人々』第一章）

読者は絶えず「調整」と「矯正」を繰り返しながら、前後の一貫性を自力で埋めることを余儀なくされる。こうして読む行為に全力で参入しない限りメレディスの小説は曖昧模糊としたまま何も語り出さない。ウィルトの言うように「読者は読みに十分打ち込んでこそ、初めてはっきり分かったという報酬を得られる」ということになろう。このような大変な努力をする読者の能力をウィルトは「一種の筋肉酷使の読者」と呼んだ。わが国のメレディス研究の草分け平田禿木も「メレディスは読むのではない、相撲をとるのだ」（『英国近代傑作集』下巻、序文）と同じようなことを言っている。果たしてメレディスがそのような肉体的・精神的努力を払う価値のある作家であるかどうかはさておき、いまここで私が試みたいことは、メレディスの『喜劇論』をその読者論の観点から読み直してみることである。ここでの読者論とはもちろん一九七〇年代以降盛んに言われる読者受容論などのことではない。あくまでメレディスが理想とした読者像を『喜劇論』から抽出し、どんな態度の読者をメレディスは念頭において創作したかを、メレディスの立場に立って明らかにすることである。同時にこのエッセイで提示されている、メレディス的ないくつかの問題点を考えてみたい。

さて「新しい読者の到来」と言うとき私の念頭にあるのは『リチャード・フェヴァレルの試練』（一八五九）の次の一節である。

「目下のところ、流血と栄光を期待してじりじりしている読者が、私がこんなに小さな出来事、こんなに平凡な場面にこだわって強調しているさまを軽蔑していることは、分かっている。新しい読者が到来するだろう。彼らには根本的な原動力のもとが常に働いているのを見抜く力が備わっている。彼らはいわば、ほんの微かな藁のそよぎからもまだ吹いてはいない三月の風を感じとる。彼らにとって何一つ些細な物はない。というのも彼らはその目の中に私達の周囲に絶えず生じている目に見えない葛藤を見据えているからだ」

これはよく知られている一節で、語り手が新しい読者の到来を述べた箇所である。新しい読者とは、現象の背後に潜んで人間を根本的に動かしていく力を読み取る読者である。絶え間なく周囲で生じている目に見えない葛藤を見逃さずにどんな微かな心の動きにもついていける読者、いわばかすかな藁のそよぎからも三月の風を感じ取ることのできる読者だといえる。これに対して旧来の読者は、小説に専ら流血や栄光、血沸き肉踊る場面をのみ期待してかかる読者である。自分は新しい読者を念頭において小説を書いているのだというメレディスの主張がここに聞かれる。サルトルを始め多くの人が言うようにテキストが作者と読者の協力から生じるものとすれば、どんな読者を念頭において書くかで作品の質は当然決まってくるが、それはとりわけ優れた喜劇を生む源として重大な条件となる。『喜劇論』の冒頭部には次の一節が見られる。

「喜劇詩人がその素材と観客を与えられるためには、何より教養ある男女からなる社会、その中で思想が広く行き渡り知覚が生き生きと働いてる、そんな社会が必要だからなのです。（中略）人々は背中や胸や脇腹をねらう機知の一撃なら、それに進んで身を任せようとしますが、ただその頭脳でだけは決して受け止めようとしません。喜劇詩人が狙うのはまさにその場所です。そこで頭脳の奥まで浸透するために、彼は巧妙にならざるをえないのです。他方、その一撃を迎える側にもそれに対応する鋭敏さが備わっていなければなりません。」（本書、一二一―一二三頁）

優れた喜劇が栄えるのは革命などの激動の時代や開拓期などの奮闘の時代ではなく、社会全体がひとまず順境の中で繁栄し、そこに何らかの落ち着きと知的気分がみなぎっている時代であること、作者は読者の知性、頭脳に浸透して同時に笑いを引き起こすという巧妙な力量を持ち、受け手もそれに呼応するだけの鋭敏さがそなわっていること、これがよい喜劇の生まれる条件だという。喜劇はまた男女間の戦いを扱うものゆえ、女性が自由に発言し行動できる男女平等の実現した社会が必須であるとも言っている。しかるに現状はどうかと言うと、読者はひたすら感情をくすぐられたり、背中や胸を不意打ちされて心地よく興奮することだけを喜劇に期待してかかっている。これはいずれも『喜劇論』以前からのメレディスの主張で、第六作『ローダ・フレミング』（一八六五）にもよく似た発言が見いだされる。ベルグソンも言うように、笑いは人間のみに見られる特質である。何を見て笑うかでその人間の本性が最も良く表れるとメレディスも言う。とすれば喜劇は読者の質を試す試金石となりえよう。ではメレディスの言う喜劇とはどんなものだろうか。彼によれば喜劇とは、人間の弱さ・人間社会の醜さ・貧しさなどを赤裸々に描くものではない。それは徒に感情の揺さぶりを狙う扇動的な文学に陥りやすいからだ。この意味でメレディスはゾラに代表される自然主義の文学をあまり高く評価しない。それは単に下劣な世界を汚い色のまま描くことでしかないからである。メレディスが賞賛するのはモリエールの方法である。

「モリエールは生のリアリズムで描くことはしませんでした。彼は劇の中心目的のために、人物の本質をしっかりと捉え、その思想の中に彼らを深く沁み込ませるのです。彼はその研究の対象をほんの少し持ち上げ和らげることによって（中略）、その対象を永久に人間的であらしめるよう、その普遍化をはかったのです」（本書、三七―三八頁）

喜劇は蒸留装置だと『エゴイスト』の序章でメレディスは言うが、その意味はこの一節が教えている。すると読む行為はその蒸留物の還元ということになろうか。時計屋の眼鏡をかけて極小の光の輪をあてて読む、つまりあまりにリアリスティックな目で読むのは賢明ではないと、同じくメレディスは序章で言っている。この点でモリエールを読み取るフランスの読者はイギリスの読者よりははるかにまさっている。では次に喜劇の扱う対象は何だろうか。人間が自分にとって都合の悪いことを隠蔽したり、自分の弱さ・愚かさを糊塗して別な自分に見せ掛けるとき、そこに無意識の「愚行」が生じる。無意識ゆえに当の本人にはそれとはわからない。この時人間は自然からはみ出た存在に下落している。喜劇はその人間の不自然な歪みを冷静な常識の目で素早く見すえ、私たちの意識にはっきりと自分自身の愚かな姿を刻みつける。こうして自己の客観化に成功した時生じる知性を通した笑いによって読者・観客を新たな自己に再生させ、健全な無意識へと人間を回復するものが喜劇だとメレディスは考える。それゆえメレディスにとって喜劇の笑いは、正気の世界へ戻るための切実な手段であった。このような喜劇の生じる場所は、主として不自然な見せ掛けのヴェールが可能な場、つまり前述のように衣食足りた裕福な社会、とりわけ上流社会ということになる。

「多くの気紛れ、それに多くの奇妙な病いと奇妙な医者のいる、有り余る富と余暇を所有している社会では、「愚行」は絶え間なく新手の姿の中にすべりこみ続けていることがわかるでしょう。「愚行」が帝国を自任すると、この世にたっぷりある常識がそれを押し戻そうとします。けれど常識が最初に生んだ子供、すなわちあの警戒やまぬ目をした喜劇精神、それは思慮深い笑いの本質であり、さらに「愚行」の火の粉が燃えだしたと見ればすぐさまその発端から消し止めようとする精神ですが、それが現在一般の人たちの擁護者として働いていないのです」（本書、九〇―九一頁）

『エゴイスト』の序章でも言うように、メレディスは社会の良識の集合体の存在を仮定して、それが斜め上からつかず離れず常に自分を見下ろしているさまを想像し、それと目の前の愚かな場面を対照させて、そのコントラストを際立たせる働きをするものが喜劇精神だと考えている。これはメレディスがハーディなどに比べて楽天的すぎると批判される所以だが、この集合的良識は現実に存在するものというよりはむしろ、これはこのように考えることで常識を社会の基盤に据えようとするメレディスの戦略であったといえるだろう。しかるにイギリスの現状ではこの喜劇精神は民衆の擁護者として十分働いていない。知的笑いどころか、社会は空虚な笑いに満ちている。そしてそれは何よりもまず読者の責任だとメレディスは考える。彼は『喜劇論』の中で、喜劇に対する態度をもとに旧来の読者を三種に分けてその現状を説明している。まず第一は一切の笑いを拒否する、いやそれどころか笑いを嫌悪する人々である。彼らは何事につけまじめが肝心として、すべてを深刻に受け止める癖があり彼らを笑わせるのは谷に落ちた大岩をもう一度崖の上に戻すより難しいという。このグループはかつて劇場を閉鎖したピューリタンの気質を受け継いだものとして、メレディスは彼らをピューリタンと名付ける。第二のグループはこの正反対の人々で何を見ても聞いても笑いの対象にしたがる、お祭り騒ぎの大好きな連中である。彼らはどんな微風にも鳴り始める鐘の音よろしく四六時中笑いを求めてやまない。メレディスは彼らをバッコスの信徒と呼ぶ。前者は自己に閉じ籠もりひたすら深刻にペシミスティックに世界を読む読者、後者はなんの見境もなくひたすら快楽を追い求める楽天的に過ぎる読者だと言える。両者はともに喜劇精神とは無縁である。だが最大の問題は近年出現した第三の人々、中産階級からなる最大多数の読者、つまりリセンティメンタリストである。

「イギリスにおけるこの階級の人々、ピューリタンでもバッコス信徒でもない大量の一団は、モリエール喜劇のような現実世界の研究に直面することにセンティメンタルな異議を唱えています。その研究のもたらす真相が彼らに屈辱的に思われるときは、そんなものは何するものぞといった侮蔑の態度にでます。事実の数々が直接彼らに押し付けられるのではないときには、そんなもの信じるものかという傲慢な態度にでます。つまり彼らは、自分たちが理想の環境と思い込んでいる、あの靄のかかった環境の中でいつも暮らしているのです。ヒューモアのある書き物なら彼らも我慢するでしょう。いや感情を揺さ振って高めるべくペーソスと混じりあっていれば、ひょっとするとそれを積極的に是認するでしょう。彼らは風刺は是認しています。（中略）ところが喜劇については、彼らは身震いするほどの恐怖を感じています。というのも喜劇は彼らを世の情けない大勢の連中とともに抱

え込み、私たちもろともその連中を一緒くたにまとめて低劣な同類項としてしまうからです」(本書、四五―四六頁)

メレディスの言うセンティメンタリズムとは、臭いものには一切蓋をして自分だけの理想世界に閉じこもり、心地よいばら色の靄に包まれようとする態度を言う。彼らが読者となる時、そこに書かれた事柄はまず自分とは関わりないと思い込む。彼らが風刺、アイロニー、ヒューモア、ペーソスを受け入れるのは、それらが彼らを高い所に立たせて一方的に対象を軽蔑したり揶揄したり同情したり哀れんだりできるからである。それが道徳的な教訓に彩られる時、彼らはそれを懲らしめの鞭代わりに使えるのでますます得意満面となる。しかしこの時、彼らの頭脳は閉ざされたままである。

「軽蔑とは喜劇的知性の抱くことの出来ない感情です。それは精神が働いていないか、ひとり高尚ぶっているか、居心地よく狭い世界に安住しているか、十分に人間味を出していないか、そのための口実以外の何ものでもありません。『愚行』など見向きもしないと、

本気で言って憚らないとするると、そのとき私たちは脳を閉ざしていることになるのです」（本書、九二頁）

「愚行」に陥っているのは当の本人であることに気が付かない読者にその事実を突き付けるのが喜劇である。当然彼らは喜劇を恐れる。それゆえイギリスにはモリエールのような優れた作家がでないという。メレディスによればイギリス人の気質は、「言葉で激しく叩かれることを好みます。それを是認する道徳的目的がそれに伴っています。あるいはばら色の、時に涙をさそうぬるめの温情を好みます。その温情は感じ易い心と境を接しているから男らしくない、というのではありません。またその温情は奇妙にも愚鈍な頭に引き付けられます」（本書、一一〇―一一一頁）

彼らは言わばギリシャの神々のように愚かな人間界を見下ろして、自分は安全圏にぬくぬくといながら、笑ったり涙ぐんだりしたがる無責任な読者である。『リチャード・フェヴァレルの試練』に登場するエイドリアン・ハーレーがその代表的タイプと言える。

「エイドリアンは隅のほうに居心地良くおさまって笑っていたのだ。彼は異教の神特有の属性を所有していた。彼は人間を好き勝手にあしらう使い手だった。彼は洗練と快楽と幸福とに恵まれていた、ただし人間どもをだしにして。彼は高い自己満足を覚えつつ暮らしていた。さながら陽光にくるまって柔らかな雲の上に横たわる人のようだった」（第一章）

文学界での成功を目指す書き手はこのような趣味に迎合して作品の生産に励む。その結果、巷には出来合いの言葉が氾濫し、例えば「人生は喜劇だ」といった陳腐な言い回しだけでこの世界を理解した気になる、まるでものを考えない読者がここに誕生するようになる。モリエールがイギリスへ移入されても下卑た模倣にしかならない。

「この種の出来合いのイメージが、小心な人たちにより、また敏感な人たちにより、陰気な人たちによってと同じく、ひどく真面目に受け止められています。というのも自分自身の目で外を見る人は多くないからです。自分でものを考える習慣を持つ人はさらに少ないからです。わかりきったことですが、人生は喜劇ではありません。それは奇妙に混淆したものです。（中略）フランス喜劇の改悪された移入は有害極まりないものでした。なにしろ気高い芝居がひどい時代の浅ましい趣味に合うよう、滅茶滅茶にされたのですから」（本書、五二頁）

メレディスが時として難解極まる言葉を弄したのは、初期の作品を批評家が受け入れなかったことへの恨みからだとか、いや学歴も家柄もないその劣等感の裏返しだとか言う説もあるが、彼があえて一読して不明瞭な文体を用いた真意は、このような読者の頭に根付いた出来合いのイメージを打ち壊すことにあったのではと私には思われる。彼は自分の目で見て自分の頭で考える読者を期待した。メレディスの小説を理解するためにはウィルトが言うように読者は否応無しに自分の頭をきりきりと使う羽目に陥る。同時にメレディスがそこに描きだすエゴイストたちの内面世界はそれを読んでいる当の読者の姿そのものにほかならず、それを読みの過程を通して読者は思い知らされていく。始めのうちこそ高見の見物を決め込んでいた読者は、読み進む内に自分の読みを何度も修正することを余儀なくされるからだ。読者はメレディスの繰りだす言葉の世界にこのように積極的に参入せざるをえなくなる結果、雲の上にねそべっている無責任な読者から、読む行為に全力で打ち込む責任ある新しい読者に成長していくのだと言える。この読者にとって文学を読む行為は、自分と出会い自分を解剖していく過程であり同時に「明晰な眼力」の獲得によって自分の中に新しい命の風を吹き込む場となる。しかしこのような読者は一朝一夕には誕生しない。メレディスは『喜劇論』の中で繰り返し訓練することの重要性を言う。

「怠惰な頭がそれ（喜劇的なもの）に反応するためには、公的生活であれ私的生活であれ、またとりわけ感情が沸きかえっているときには、何らかの訓練を必要とします」（本書、九五頁）

センセーションに捉われるとき、それを知性で抑制しなければ事態の実相は見えてこない。笑いとは思考からの解放、非知的な働きだとベルグソンは言う。すると元来撞着語法である「知的笑い」とは、実は感情と知性がバランスよく和合した時初めて生じる十全な反応と言えないだろうか。このバランスから生じる笑いは主として自分に向けられるが、それは決して自嘲の笑いとはならない。新しい生命の源となる笑いである。そしてそれにはセンティメントの奴隷とならぬよう、日頃からの訓練が必要となる。これとは逆に「頭脳」にのみ頼ることは、やはり「傲慢の神殿」を築く結果となってしまう。では、このような喜劇的認識の能力の有無はどのように測定されるのだろうか。

「自分に喜劇的な知覚能力がどれほど備わっているかを測るには、自分の愛する人たちの中にばかばかしさを見いだしても、その人たちをなおこれまでと同じように愛せるか否かによります。それ以上に、愛する人たちの目に映る自分の何やらばかばかしい姿を認めることができ、かつその人たちが私たちについて抱くイメージが差し出す矯正を、快く受け入れるか否かが決め手です」（本書、一一一頁）

理想化のヴェールに包まれて物をみるエゴイストたち、例えば『リチャード・フェヴァレル』のサー・オースティン・フェヴァレル、『サンドラ・ベローニ』のウィルフリッド・

ポール、『エゴイスト』の主人公ウィロビー・パターンらにはこの能力が完全に欠如していることが思いだされる。このような能力が身についた時、その人自身前述の集合的良識を担う一員となり、そこに高度な連帯意識が生じる、とメレディスは考える。

「喜劇精神を知覚するとそこに高い連帯感が生じます。そのときあなたはより高度な世界の市民となるのです。（中略）この私たちの文明化されたコミュニティーの一員となったことを感じるでしょう。またそこから逃れることも出来ず、そう出来てもその気がなくなるだろうと感じるでしょう。十分な希望があなたを支えます。倦怠感があなた襲うこともありません。一人のときには、虚栄心などに何の魅力も感じなくなるでしょう。個人的な高慢も大いに和らげられるでしょう。またその世界の市民という資格が、想像力または献身の世界からあなたを締め出すこともないでしょう」（本書、一二七―一二八頁）

新しい読者とは、ここに描かれたコミュニティーを構成する人、つまり「文明化された読者」のことを言う。メレディスはこの新しい読者を常に意識しつつ小説を書いた作家だった。メレディスのこの発言に対してL・C・ナイツは「喜劇に関する覚え書き」（一九三三）というエッセイの中で、メレディスは『喜劇論』で一般論に終始しているから、個々の作品理解には不毛であると批判した。さらに、現代はもちろんメレディスが考えた以上に問題は複雑かつ深刻になっており、喜劇精神がかつてほど有効か否か疑問でもある。しかしメレディスはこのエッセイの中で、喜劇の視点から文明の問題点を一般論として語ったが、だがそれ以上に新しい読者の養成を語っていたのだと思う。そしてそのための彼の方法は新手のセンティメンタリストと新手の愚行の跋扈する現代においてなお、その新鮮さを少しも失ってはいない。

あとがき

本書は亡夫の遺稿である（二〇一八年十一月二十三日に永眠、享年七十四歳）。「まえがき」に一九九三年（当時四十九歳）と記されているのでそれ以前に書かれたものであろう。一度は出版を試みたが叶わなかった、と記憶している。死を覚悟していたのであろうか、『英文学と教養のために』を十月に出版し、その後すぐに『喜劇論』を出版する準備に取り掛かっていたが、完成を見届けることが出来なかった。

夫がメレディスに興味を持ったのは漱石を通してであった。「ボックス・ヒルの風に吹かれて」（『英文学と教養のために』第五部　随想）には「大学院時代、私がメレディスに惹かれたのは、何よりもメレディスは漱石が好きな作家だったからだ」と述べていて、修士論文では『リチャード・フェヴァレルの試練』を対象としたこと、その後、伝記や手紙を読むうちに、メレディスの終の住処への訪問を願い、ロンドン大学に派遣された折に、その夢が叶った顛末が書かれている。一九八五年春にサリー州ドーキングのボックス・ヒルのふもとにあるフリント荘を訪ねた時に、幸運にもメレディスが仕事部屋として使っていた同荘の敷地内にあるシャレー（山小屋）も見学できた様子が書かれている。当時私たち家族はロンドン郊外に家を借りていたのだが、夫はその日の夕方、興奮冷めやらぬまま顔を紅潮させて帰宅したのを鮮明に覚えている。

その後のメレディス研究についての詳細はここでは省くが、一九九三年四月、本書の草稿を書き終えた直後の日記には、次のように書かれていた。

《自己への課題》

〈翻訳〉一．『喜劇論』4/4/'93（了）　二．『リチャード・フェヴァレルの試練』

三．『ビーチャムの経歴』　四．『十字路館のダイアナ』

五．『モダン・ラブ』

〈注釈〉一．『モダン・ラブ』　二．『喜劇論』
〈研究書〉　メレディス研究（全小説論）

夫が大学在職中は研究と教育に邁進しつつ、メレディス以外の分野にも関わったのは、とりわけ人と人との縁を大切にした人間だったからだ、と私には思える。例えば英国から帰国するとまもなく、故市川繁治郎先生のお誘いで辞書二冊の改訂という緻密な作業のチームに約二十年間加わったし、他の先生方との共著や学会活動など、見るからに多忙であった。従って、定年退職後にはメレディス全集の翻訳に本格的に取り組もうと意欲的な計画を立てていたのだろう。しかし残念ながら退職後まもなく闘病生活に入り、その計画は断念せざるを得なかった。せめて最後に、と全力を振り絞って纏めたのが『英文学と教養のために』であり、出版を果たせなかった『喜劇論』であったと推察できる。

校正に際してはできるだけ「原稿のとおりに」と考えた。執筆者本人に確認することも、承諾も得られない状況では、安易に書き換えてはいけないと思ったからである。よって一読者として内容を理解しつつ、誤字脱字を正し、表記の統一を図ればいいと考えた。

ところが、まず内容を理解するのに相当の困難が伴った。夫と同じく英文学を学んだからと校正を始めたが、その文体の「難解さ」で定評があるメレディスの著書で、しかも批評論である。「読者は絶えず『調整』と『矯正』を繰り返しながら、前後の一貫性を自力で埋めることを余儀なくされる」（本書「解説　新しい読者の到来」）と書かれているが、まさしく読者としてそのことを実感することになった。

メレディス特有の難解な文章を、決して足早に読み進めることはできなかった。まるで迷路のように様々に張り巡らされた複雑な表現の中を行きつ戻りつして、出口を探り当てなければならなかった。そうした忍耐を伴う探索の過程を経て初めて、私たちが通俗的に認識している「喜劇」の概念ではなく、メレディス自身が「喜劇」と考えるもの、と「喜劇精神」の働きが頭脳の中に浸み込んでくる気がした。さらに付録の「『エゴイスト』序章」は『喜劇論』とともに、なぜ人間にこの様なメレディスが提唱する「喜劇精神」が必要か、を私たち読者に明確に教えてくれる。本書を読むまではこの小さな本が人間の本性である「エゴイズム」とそれを矯正し教化してくれる「喜劇精神」の必要性という大きな問題を提起しているとは思いもよらなかった。

一読者として読み進める中で、表現上の変更を余儀なくされた箇所もあったが、安易な書き換えは避けたつもりである。表記の不統一についても、例えば同じ語句が場所によって「漢字」と「ひらがな」に分かれるのは、執筆者の意図的なものであったのかどうか、本人に確かめることができない難しさを感じた。

当初、本書は大阪教育図書出版から刊行予定であったが、私の体調不良が思いのほか長引き、一時は出版を断念せざるを得なかった。今回改めて音羽書房鶴見書店から出版することになったのは何としても故人の遺志を遂げたいとの気持ちからである。

大阪教育図書の横山哲彌社長ご夫妻には生前から故人に対してご厚情を頂いたこと、改めて深謝申し上げたい。また横山社長からご紹介いただだいた中島俊郎先生は本書全体に目を通してくださり、多くの貴重なご教示を頂いた。先生の温情溢れるお手紙から日本ヴィクトリア朝文化研究学会で故人と親交があったことも知った。心からお礼を申し上げる。

音羽書房鶴見書店の山口隆史社長は自ら丁寧な校正をしてくださり、「奥様の納得がいくまで」と何度でも書き直しに応じてくださった。どうしても理解できない部分についでは、故人の元同僚のA・R・リー先生、M・K・チルトン先生、前島洋平先生のお世話になった。その他にも多くの方々からお力添えを頂いた。

なお、本書の中で言及された作品や参考文献の中には現在では絶版や品切れになっている本も含まれているが、原稿のままにした。

二〇二二年七月

原　良子

ま行

人名・作品名索引

（言及された主な作品で邦訳されたものは、＊印をつけてその作品・出版社名を付した）

あ行

ジョージ・メレディス
喜劇論

2022年10月20日　初版発行

著　者　ジョージ・メレディス
訳　者　原　公章
発行者　山口隆史
印　刷　株式会社シナノ印刷

発行所　株式会社 音羽書房鶴見書店
〒113-0033 東京都文京区本郷 3-26-13
TEL 03-3814-0491
FAX 03-3814-9250
URL: http://www.otowatsurumi.com
e-mail: info@otowatsurumi.com

Printed in Japan
ISBN978-4-7553-0432-3 C3098
組版編集　ほんのしろ／装幀　吉成美佐（オセロ）
製本　株式会社シナノ印刷

訳者略歴

原　公章（はら・きみたか）

1944年、静岡県三島市生まれ。

1973年、日本大学大学院博士課程満期退学。元日本大学文理学部英文学科教授。

著書

『新編英和活用大辞典』（共著、研究社）

『新和英大辞典第5版』（共著、研究社）

『ジョージ・エリオットの時空』（共著、北星堂）

『英文学と英語のために』（大阪教育図書）

『英文学と教養のために』（大阪教育図書）

『イギリス小説の探求』（共著、大阪教育図書）

『イギリス文学の悦び』（共著、大阪教育図書）

『あらすじで読むジョージ・エリオットの小説』（共著、大阪教育図書）

訳書

メリン・ウィリアムズ『女性たちのイギリス小説』（共訳、南雲堂）

A・ロバート・リー『多文化アメリカ文学』（共訳、冨山房インターナショナル）

ジョージ・エリオット『評論と書評』（共訳、彩流社）

ジョージ・エリオット『ロモラ』（彩流社）

その他　ジョージ・メレディスなどを扱った論文多数。